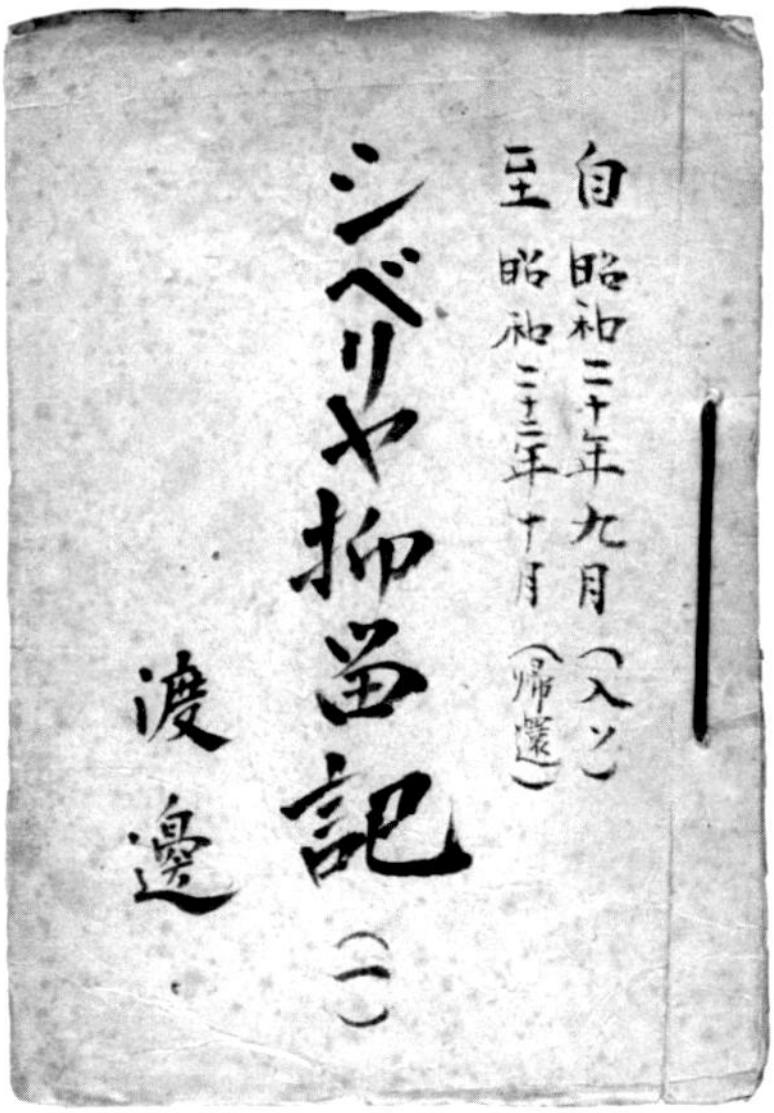

はしがき

これは私のシベリア抑留体験記である。私は、昭和二十年九月に入ソした。そして二十二年十月に復員した。地名、人名等は定かに記憶していないが、私の胸に刻まれた印象は消えるべくもない。思い出すままに書きつづると、抑留当時の光景がまざまざと蘇ってくる。私は自ら書いた体験記を時々取り出して見る。読んでいる間、私の体はシベリアの広野にいる。

私にとって二年の抑留生活は決してマイナスではなかった。生き抜くことに大いなる自信を得た。

昭和二十五年十月　渡邊芳一

目次

一　出　発　ー嫩江《のんじゃん》を後にー

九月とはいえうすら寒さを覚える嫩江独立混成大隊の営内に、突如「全員営庭に整列」の伝令が廻った。昭和二十年終戦の直後、不安と焦燥と自暴の日々を送っていた私達は、反射的に或る予感を抱きながら営内靴を突っかけて外に出た。整列が終わると大隊長が言った。「本日ソ軍の命により、ウラジオ方面に向かって出発する。尚、大尉以上は別行動をとらねばならないので、大隊の指揮を中村中尉に任せる。申すまでもないが、最後まで皇軍の体面をけがすような行動はつつしんでもらいたい。尚、くれぐれも御身自重して帰国されるよう祈る」。続いて中村中尉の出発の準備時刻などについて注意などあり解散した。

私は、いよいよ帰国の日が到達したことを秘かによろこんだ。ウラジオ（ウラジオストク）方面に移動するということは、帰国を意味するものであると信じた。故国に帰る！夢にも思われなかったことが実現される。私は故国を出る時の悲壮な自分の姿を想像し、居ても立ってもいられない歓喜に小踊りしながら急いで出発の準備にかかった。敷布団を改造したリュックサックに乾パン、白米、缶詰、飯盒、衣類など詰められるだけ入れた。その他、行李一個はトラックで運搬してくれるとのことであったので新調の将校服、赤皮の長靴、短靴、防寒用具等もぎっしり詰めた。間もなく出発準備の伝令の声が響き渡る。私はリュックを背負い軍刀、水筒を左右に提げて営庭に出た。小隊長をしていた私はすぐに小隊の点検などをやり準備完了を中隊長に告げた。

●軍隊の　規律はあれど　ソ連軍の　監視の下で　隊列動く

ソ連警備隊の綿密な人員検査が終わった。「第一中隊より前進」大隊長の号令。部隊は動いた。営内には在留邦人が数百人入っていた。それらの人々がみんな周りに集まり、別れを惜しんだ。中には「兵隊さん、俺らを残して先に行ってしまうのか」と軽蔑と哀しみのこもった声で叫ぶ者もいた。子供らは屋根に登り何時までも手を振った。軍隊を何よりの頼りと期待されて来て、またこの人達をソ連の監視下に残して、警備隊の短銃に護られながら出ていかなければならない私達は、面目なさを感じないわけにはいかなかった。

難行軍の数日

私達はできるだけゆっくりした歩調で思い思いのことを語りながら歩いた。道は果てしない広野の中をうねうねと続き、向こうは雲海の中に没している。時々、警備兵から「ヴィストラ、ヴィストラ（速く、速く）」と責められたが、何時まで続く行軍か知れないと、私達は歩調を変えなかった。道路の傍で昼食をとり、一時間の休憩の後また出発した。途中、路傍に横臥している死体にあった。それは骨骸に軍服を着たような有様で倒れていた。軍服は泥にまみれ、どこの国の人かわからなかったが、股にある白いふんどしが戦友の変わり果てた姿を物語っていた。実戦の経験を持たない私には、それは驚愕に値するものであった。しかし私達は一瞥しただけで、その戦友の運命を悲しむような余裕はなかった。

夕陽が赤々と西の広野に映える頃、とある部落にたどりついた。門口には斉しく三角の赤旗が風にゆれていた。「ケッ、人を馬鹿にしている」　開拓団の一下士官が叫んだ。部落民はゲラゲラと笑いながら門口に出て来て私達を見送った。私は、いいようのない哀しさと激昂を禁じえなかったが、何ともしようがなかった。私達は疲れ、語るのも億劫になり黙々と歩いた。前の人のかかとを見ながら動物のように従った。部落は既に遠く離れ、灯りが点々と宵闇に光っていた。広々とした野中に部隊は停止した。「命令受領者集合」停伝の声が響いた。現地にて夕食、野営である。各々靴下の中の白米を出して飯盒に入れた。やがてあちこちから白い煙が立ち上がった。持ってきた缶詰で一日の空腹を満たした。食後一時、賑やかに談笑が続いたが次第に声が衰えて私達は眠りについた。着の身着のまま毛布にくるまり飯盒枕に横臥すると、頭上に北斗七星がまたたき、やるせない郷愁に襲われるのであった。

　昼の疲れで私達はすぐに眠った。何時間眠っただろうか、私は肌を刺すような寒さを覚えて夢から覚めた。気づけばあちこちから話声が聞こえ、大方の人が起きているのである。辺りは一面に霧が覆い、毛布や軍衣がしっとりと濡れていた。「寒いなあ」「これでは寝られない」、露助は何をしているのだろうと思って見廻すと、防寒具に身を固めて、銃を握りしめ、私達の廻りを無言で警備しているのであった。夜の明けるのを待って、私達は朝食の準備に取りかかった。やがて太陽が輝く頃、再び長蛇の列をつくって歩き出した。

　行軍第二日目。私達は次第に背中の荷物が負担になってきた。ある者は毛布を一枚捨てた。防寒靴を捨てた。次々と荷を軽くしていくといつの間にか満人が続々と後に続き、私達が捨てた品を我先に争って拾っていた。一人の兵は、腹立ちまぎれに満人のいる前で沢山の品物を積み重ね、それに枯草をのせて燃やしてしまった。部隊が出発した後、燃えさかる枯草を蹴散らして目ぼしいものをあさっている満人の姿が、煙の中にうごめいていた。

●目覚むれば　草に寝たり　目の上に　星のきらめく　空の広がり

　行軍第三日目。私達は、足の痛みを覚えてきた。靴を脱いで見ると、足の裏に水ぶくれになったマメがいくつもできていた。私は、指先でひねってつぶした後ヨーチンを塗ってもらったが、その後は前よりも激しく痛み、杖にすがりながら歩いた。ついには堪えられず素足になってしまった。しかしこれも長く続くはずはない。仕方なく再び軍靴をつけて、歯を喰いしばりながら歩いた。マメの上に更にマメができた。リュックの中には毛布とシャツ以外は何も入っていなかった。

行軍第四日目。隊伍が崩れてきた。ある者は戦友の肩につかまり、ある者は杖にすがり、ある者は路傍にうずくまった。したがって距離も五〇米ほどは離れ、ついには先の人を見失ったりした。警備兵は空に発砲し怒号を発しても、収拾はおぼつかなかった。仕方なく、しばしばの休憩を余儀なくされ、隊伍の整うのを一時間も二時間も待って出発した。

行軍第五日目。私達は食料に窮してきた。白米はおおかた無くなっていた。缶詰も食い尽くしていた。私は、この時始めて塩の必要さを痛切に感じた。とうもろこし畑があれば我先にと走って取ってきた。馬鈴薯などは生のまま食べた。白菜、甘藍（キャベツ）など見ればすかさず走っていった。足の速い者は、警備兵にひどく叱られた。しかし、彼らは決して殴ったりはしなかった。

これに反して、私等には私的制裁が頻繁に行われた。某二等兵は戦友の乾パンを一袋盗んで、上等兵から両頬が変形するほどビンタされた。某一等兵は、馬鈴薯を盗んでくるのが遅いといって下士官から叱責されビンタされた。某二等兵は、警備兵から叱られたため見習士官より皇軍の面汚しだと罵られ、馬鞭で打たれた。しかし、兵は少しの反抗もなく従順に打たれて班のために働いた。これが軍紀であった。

●靴下に　入れし白米の　尽きたれば　馬鈴薯掘りて　生で食ひけり

一分隊の伊藤班長は野営した時、警備兵の馬をこっそり連れ出し、これを撲殺して多量の肉を持ってきた。そして、これを班員に分与し、私にも持ってきてくれた。私は、その大胆さと機敏さに驚いた。彼は笑いながらこう言った。

「そっと持ってこれたんですが、何しろ重いもんだからね。しかし馬なんて案外とろいものですよ。一コロですからね。声一つ立てないですよ。もっとも声を立てられたら一大事ですからね」。

翌朝、警備兵は放馬したといって一時間ほども探したが見つからなかった。間もなく、彼は満人部落から一頭略奪して乗っていた。

路は時には満人街を貫き、時には広漠たる平原を帯のように続き、時には鬱蒼たる密林の中をよぎった。私達は、野宿したり、廃屋に泊まったりしてひたすら歩いた。路はようやく興安嶺の一部にさしかかった。だらだら坂を登り下りしながら次第に高所に向かった。渓谷にさしかかった時、ソ連軍の戦車が二台擱座しているのを見た。多分、日本軍の攻撃にあったものであろう。キャタピラの間に黒ずんだ血がついていた。私達は、尊い戦友の犠牲に無言で合掌した。

間もなく、私達は白樺と松の疎林にさしかかった。そして、はからずもそこに友軍の激戦の跡を見たのである。枝は折れ、枯草は蹂躙され、辺りには弾薬、車両、銃砲などが散乱していた。その間に横たわる夥しい死骸！。腕をとられた者、足をちぎられた者、圧死された者、まだ生々しいそれらの中には、紅顔の青年士官もおり、白髪を交えた老兵もいた。

私達の中には歴戦の勇士もあり未経験の兵もいたが、いずれもがこの凄惨な光景に息をのみ、声一つなく粛然として過ぎた。ここはアルシャンの陣地で、本部との連絡が取れないままに、最後の抵抗を試みたものであった。

●松林　続ける中を　行きしとき　無残なりや　激戦の跡

●松の枝　折れ草なびく　林中に　いかなる戦いの　ありしことやも

●銃砲の　乱れ散りたる　はざまには　若き兵らの　屍重なりぬ

●ひきとむる　間もあらばこそ　たおれ木の　下に死にたる　友もありにき

私達は、名にし負う興安嶺に入った。起伏重畳する山脈、そそり立つ急坂、落下する砂利路。互いに励まし合いながら一歩一歩を己の足だけを頼りに歩いた。落伍者が続出した。「もう駄目だ！」彼らは蒼白な顔で路傍に横たわり、もはや動こうとはしないのであった。ここまでついて来るのが精一杯だったのだ。自分の身も危うい時に、誰がこれらを救ってくれようか。しかし、落伍者は後でトラックによって運ばれた。

行軍第六日目。夕方、興安嶺の北端で延々と流れる黒龍江を眺めた。そしてはるか彼方の河岸に灯火明滅する国境の街、黒河を見たのである。

私達は、山を下りながらいろいろと憶測した。黒河で舟に乗るだろう、舟で黒龍江を下ればウラジオに着くのは何日頃か、復員船は港で待っているかも知れない。黒河に着いたのは夜の八時頃であった。

●嫩江を　出でて幾日　星空の　下に灯《とも》れる　国境の街

二　黒河の夜

黒河は国境の町である。洋々と流れる大河の彼岸はソ連領シベリアである。岸辺に立つと対岸の街灯りが異国らしい光を見せ、時折子供の声などが聞こえた。港に船は見当たらず入ってきそうにもない。私達は、夜の港に一団となり、運命の時を待った。

間もなくソ軍の命で、使役兵数十名が駆り出された。部隊はざわめき出した。次々と人数が出された。私もその一人なって雑踏する岸辺から夜の黒河の街に出された。三十分ほど舗装道路を歩かされ、大きな倉庫からパイメンを担がされた。警備兵の監視の下、袋を肩に負い路を返した。疲れ切っている私の肩の肉に、袋の重みが喰い込むようである。うすら寒い街を汗と粉にまみれてようよう岸に着くと、休む間もなく「ダワイ、ダワイ、ダワイ(やれ!やれ!やれ!)」と牛馬を追い立てるように再び行かされた。ヘトヘトに疲れて元の場所に帰ると、拳銃を手にした露ス(私達はロシア人をそう呼んだ)が、装具を護っている一団の中に割り込んできて目ぼしいものを強奪しているのであった。なまじ反抗すると、拳銃で叩かれ威嚇射撃までするのである。

●**黒龍江　岸辺に集い　船待てば　雨降り来り　滞るゝのみなり**

時計、万年筆の類は大方やられた。佐藤中尉はリュックを眼前で奪われたので、取り戻そうとするや至近距離で拳銃を発砲された。弾はあやうく額をかすって飛んだ。中尉は思わず「アッ」と叫んで手を離した時には、露スはすばやく闇の中に消えていた。

某一等兵は、団を離れて大便に行った。気がつくと露ス二、三人が彼の廻りをとり巻いていた。用を済ませたことを見ると、ものも言わず彼の身体を検査した。肌身離さず持っていた数珠や懐中時計などをすっかり取られてしまった。

某下士官は、柔道で露スを地べたに叩きつけた。しかし、やがて引き返してきた。三人ほどの露スに何処へともなく連れていかれた。下士官はついに帰ってこなかった。私達は抵抗さえならず、ただわが身を護るだけであった。

大隊長は警備長に厳重に取締まりを依頼したが、徹底しなかった。私達は装具を中にして固く手を結び合った。露スがやってくると、一斉に大声で「ワァー！」と叫んだ。始めは面食らって躊躇した露スも、喚声を上げる班に対しては殊更に執念深くやってきた。このような不安と焦燥の中、しとしとと小ぬか雨が降ってきた。体を覆う何もない私達は頬を伝わるしずくを払う元気も失せて、悄然として雨に打たれているばかりであった。

そうしている中にも、使役には間断なく出された。雑踏の雨の港に一艘の貨物船が入ってきた。灯りすらないその船は、私達を運ぶためのものではなかった。船には満州の穀物がどしどし積まれた。飢えと寒さに震える使役兵はパイメンであれ、高粱（コーリャン）であれ、何でも口に入れ顔中白い粉にまみれ拭こうともしなかった。やがて私達もその船に積み込まれたが、全く身動きできない有様である。雨は降り続き体はびしょ濡れである。

間もなく船は港を離れた。ウラジオへの夢はくつがえされた。私達は一かたまりになって、荷物と一緒に対岸へ陸揚げされた。

●パイメンの　袋を背負ひ　街をゆく　ソ領に運ぶ　使役なりけり

三　ヴラゴエシチェンスク

雹の砲弾

対岸に上陸すると、濡れネズミの私達は裏町のちょっとした広場に連れて行かれた。私達は空腹と寒さのため歩くことも困難だった。休憩を命ぜられると崩れるように座った。本部の交渉によってわずかばかりの食料を支給された。それは満州産のコーリャンだった。私達はひとにぎりほどの食料をむさぼるように食べた。寒さのために眠ることもできず茫漠と異国の空を眺めて夜の白むのを待った。夜が明けると朝食もとらず、すぐに整列して乞食の群れのような格好で露スに従った。泥海のような街の道路を、よろめきながら歩いた。時折トラックが泥を左右に飛散させて通り過ぎた。街の人もようやく目覚めて、美しい窓から私達の行列を珍しそうに眺めていた。労働者風の人達も立ち止まって私達を見た。純白の建物、青いペンキ塗りの住宅、緑色のアパート、あちこちに大樹がそびえ立つ異国らしい情緒が身に染みた。

●此処よりは　ソ領なりけり　明けやらぬ　ブラゴエの街に　人影もなし

ヴラゴエシチェンスクの大通りをぬけると、街外れの畑地とも原野ともつかない広場につれていかれた。西方には小高い丘が連なり、三方には果てしない広野が開け、その間に点々と家屋や森が見えた。露スは、これからのことについては少しも語らなかった。ただ真面目くさった顔で「間もなく帰れるだろう」というだけである。ここに暫く滞在する様子なので私達は宿泊の準備をしなければならない。しかし準備といったものの天幕があるでなし、戦術もない。私達は、座席の周囲に排水溝を掘った。ようやく落ち着いたので、枯草の上に横たわり誰からともなくこれからのことを思惑するのであった。果てしない広野、私達の将来も莫として、つかみ得ない不安に覆われていた。

　雲間から陽光が射し、心にいくばくかの慰めを与えるかのようであった。しかしその安らぎもつかの間、遠くに雷鳴を聞いたと思ったら忽ち空は陰って黒い雲が空一面に広がった。ようやく乾きかかった衣服が・・と思うと、腹立たしさと情けなさで泣きたくなった。パラパラと大粒の雨が降り出した。それが真白い霰（アラレ）になって四散した。続いて雹（ヒョウ）が無数の弾丸のように落ちてきた。雀の卵ほどもある雹がうなりを生じて落ちてくる。私達はあわてて頭に図嚢（ずのう＝小さな箱型の鞄）や上衣などをのせた。指にでも当たると骨が砕ける程の激痛を覚えた。周囲は、たちまち銀白の玉で覆われてしまった。私達は茫然としてこの異観を眺めた。座るところもなかった。掘ったばかりの排水溝を水が音を立てて流れていた。案山子のように立ったままの私達は互いに顔を見合わせて苦笑するだけである。時を待つより仕方がない。運命の波に乗って何とも仕難い、木の葉同然の私達であった。

●広原に　集ひし時に　黒雲の　覆うと見れば　雹乱れ降る

東か西か

身に沁みるような寒さと突き刺すような星の光を浴びながら、二晩ほどそこに泊まった。このような逆境にありながらも、幸い病気をする者は一人もいなかった。三日目の朝、一キロほど離れた所に十数両連結された貨車が入ってきた。二段構えになった車両に、四十名位づつ詰められた。間もなく貨車は恐ろしい勢いで驀進した。

車窓に映る異国の風景や街の情景を、私達はなにもかも忘れて見入った。時には雄大な眺めに心を打たれ、時にはやるせない旅愁に沈み、時には居たたまれない不安のどん底に突き落とされたりした。沈みがちになる時は、大声で郷土民謡などを歌った。しかし、時にはそれがかえって郷愁に油を注ぎ「畜生！何とでもなれ」と捨て鉢な気持ちになったりもした。

いくつかの駅を越して、列車はかなり大きな駅に長時間停車した。街の人はもの珍し気に寄ってきて「ヤポンスキー、ヤポンスキー」と言っている。私達が最初に覚えた露語はヤポンスキー（日本人）という言葉だった。それからメイニヤ（交換）という言葉も覚えた。露スは、手に色々な品物、黒パン、マホロカ（煙草）、砂糖などを持って「ヤポンスキー、メイニヤ」と言って寄ってくる。私達は、持っているもので差し当たり不要なものはみんな交換した。時計は一番交換価値があり、洗面器大の黒パンを二個も貰えた。私達はソ連領に入り露人と接するようになって感じたことは、彼等に人種的偏見がないことである。子供らの多くは裸足で遊んでいた。布、衣類、医薬などは彼等の欲しいものであった。一露兵が通訳に「日本の軍隊はそんなに物資が豊富でありなが

ら、どうして戦争を辞めたのか」と問うた。それは彼等が如何に認識不足であるかを物語ると共に、彼等が困窮な生活を敢えて行っているかということを明かしている。

　私達はその駅で初めて風呂に入った。風呂は日本のような浴槽がなく、シャワー式になっていた。私達は頭から湯の雨を浴びながらゴシゴシと両手で体をこすり嫩江以来の垢を洗い流した。いくらこすっても垢は後から後からと出て来て際限がなかった。装具一切の熱気消毒が行われた。久しぶりに快適な気持にひたった。誰からともなく朗報がもたらされた。

「シベリア鉄道で帰国するらしい。今日はその準備であろう。さすがに露スも我々を乞食同様にしては帰したくないのだ・・」

しかし間もなく悲しむべきデマが流れてきた。

「我々は、これから伐採地に行って伐採に従事するのだ。幾多の同胞がこのシベリアの地ですでに鉱山や伐採地で働いている」。

私達は、いきり立ってこれを否定した。

「そんな馬鹿なことがあるものか。一戦も交えない俺等にそんな労働が強制されるはずはない。伐採地に行くのなら何も入浴させるわけないじゃないか」。

私達はあくまで楽観論を固持した。悲観論を持ち出したものも遂には同意して相槌を打つのだった。そうは言うものの、私達の心の一隅には「もしや・・」という疑惑の念が執念深く食らいついて離れなかった。「そんなことがあるはずがない。あるべきことではない。万が一・・」と私達は、もしかするとの疑惑の虜になって苦悶した。列車は動き出した。

　私は幸いに地図を秘匿していたので、ようやく現在地を確認することができた。この鉄道は間もなくシベリア鉄道につきあたる。そこで東に行くか西に行くかによって私達の行く先が定まる。列車は、すさまじい音をたてて進んで行く。

　私達は、一日一回三食分の黒パンをもらった。焼瓦のような色をして腐ったような味がする黒パンは、始めは取りつきにくく三食分の配給が多すぎる位であった。しかし馴れるにしたがい、この独特の味が美味しくなった。したがって三食分のパンを一回に食べても足りなく、後は水を飲んで空腹をみたすようなこともあった。

　列車は運命の帰路に到着した。幾回も前進、後退を繰り返し線路の切り替えをやっていたが、やがて動き出した。東か西か・・。私には方向を知る手掛かりはなかった。広漠たる平野の中ではそれは無理ならぬ事である。だがそばにいた伊藤班長は容易に解決した。

「小隊長殿これは東行きです。見てごらんなさい、電柱の影とは反対方向に進んでいます」なるほどまさしく然りだ。しかしながらそれは間もなくくつがえされた。列車は、電柱の影と同じ方向に驀進している。だがこれも確然としない。私は再び地図を手にして見た。西に走っているならば、三つ目の駅を過ぎて間もなく鉄橋にさしかかるはずだろう。東にはそのようなことはないはずである。列車は、三つ目の駅を通過してやはり驀音と共に走り続けていた。私は車窓から首を出し、目をこらして見つめた。やがて列車は鉄橋に差し掛かった。幾つも幾つも車窓に映じては消える赤色の鉄は、私達の頬を殴りつけるかのようだった。万事窮す！だが、私達はまだ帰還の夢は捨てられない。出発の時、部隊長の言った言葉がよみがえってくる。「黒河を経由しウラジオ方面に向って出発する。くれぐれも御身自重して帰還されるよう」。「そうだ。鉄橋などで判断したところで当てになるものではない。案外明日あたりウラジオに着いているかもしれないぞ」、すべてを楽観視して自らを慰める以外に私達には頼りになるものはなにもなかった。

四　ハルスタイの伐採

第一回の逃亡兵

私達は貨物に揺られながら、幾つ駅を通過したのだろう。貨車の中に明け暮れ、幾日経過したかも定かでなかった。列車は白雪に覆われた広野を走っていた。線路に並んで白樺の林が続いていた。私達は、寒さのため一睡もできなかった。隣の人と体をすり寄せて、かろうじて寒さを防いだ。列車がとある小さな駅に停車した。ぎしぎしと音をたてて引込線の中に入った。夕の糧秣（りょうまつ＝兵員用の食料）が支給された。今日は朝から何も食べずにいたのだ。私達はすぐに夕食の準備にとりかかった。暗闇の中で薪を集める者、雪を蹴散らして穴を掘る者、飯盒のガチャガチャなる音、静かな小駅の一角がたちまち賑やかになった。その晩は停止したままの車両に横になったが、やはり寒さには抗する術がなかった。

夜が明けると、駅の近くに散在する家屋が十数戸見られた。私達は一日中車両の中で暮らした。翌日からストーブを焚くことを許された。二、三日は薪取りに出る位が一日の仕事で、その他は寝たり起きたりして暮らした。嫩江を出発する時には千人の大隊だったが、途中分離した中隊もあり、現在車両に居るのは四百人足らずであった。

四日目頃から使役兵が出された。ソ軍の要求する人数だけ指揮官を付けて出してやると、残留者は貨車の中で一日のんびりと日を送った。使役は伐採である。車両から二キロほど離れた丘の疎林に行って、松や白樺の立木を二人びきののこぎりでひき倒すのである。切り倒した木の枝をはらい二間位の長さに切った。予定の仕事が終わると整列して人員を検査した。車両で焚く薪を一本づつ肩に担ぎ丘を降りた。仕事は大した苦痛を伴わない。

このようなことが一ケ月ほど続いた。一部の使役兵は、この切り倒した用材で東西二百米、南北百米位の柵を造った。柵内には人のいる気配もない家屋が四つ五つ見えた。大工、左官が動員されてその家屋の改修が始められた。私達は、大方その柵内の家屋に移されるであろうと推測された。

この車両部隊に予期せぬ事件が起きた。三小隊に逃亡兵がでたのである。その頃、警備がさほど厳重でなく、人員の点呼なども日本の週番士官が車両ごとに点検し、異常の有無を本部車両にいる大隊長に報告すればよかった。丁度、私が週番士官だった時である。私は、例の如く各車両の扉を叩きながら状況を確かめた。

「週番士官殿、本多と伊藤と佐々木が未だ帰ってきておりません」

と心配そうに告げた。私は真相を確かめに車両に入った。

「装具に異常はないかね」

「はい、リュックは元のままになっておりますが飯盒や水筒が見えません」

「どこの作業に行ったのか、三人共一緒だったのか」

「今日はどこの作業にも出て行かなかったが、昼頃から薪取りに行ってくると三人で出て行ったきり帰ってこないのです」

「何か前に心当たりでもないか」

「そうですね、いつも三人は何か語り合っておりました。それにいろんなものを交換して、少しづつパンを貯えておったようであります」

私は計画的行動であることを悟った。それにしても大それたことをしたものである。

「それに佐々木は、在満当時国境近くにおり、二等通訳の免許を持っている男です」

そばにいた兵が言葉を挟んだ。疑う余地がない。全く計画的逃亡である。私は、すぐに本部に事の次第を報告した。大隊長は眉間にしわを寄せて聞いていた。

「昼過ぎに出たとして今丁度七時、六、七時間は経過しているわけだ。河に着いた頃だろうか。彼らはどうして河を渡るのか、無謀なことをしたものだ。ところで露スに報告せにゃならんが、もう少し待とうか」

そばの副官が言った。

「大隊長殿、それは早く報告した方がいいですよ。なまじ報告が遅れて罪が我々の方に回ってきたら大変ですからなぁ・・」

大隊長は腰をあげて、露ス宿舎に大股で歩いて行った。露スの下士官がただちに馬そりで追跡した。

翌朝、私達は全員車外に出され厳重な人員点検を受けた。案の定三名の欠があった。司令部から直ちにマイヨル（大尉）が調査にやってきた。事の真相を聞いた後、私達に次のような話をした。

「私がここにやって来たのは、諸君に楽しいお土産を渡すためだ。故郷への便りを書かせようと思って来た。けれども諸君は昨夜忌まわしいことをしでかした。このお土産は与えるわけにはいかない。責任は諸君の方でとってもらいたい。責任は、小隊長班長の下級幹部にある。これらの者は即刻営倉に入れる。一般の諸君には罪を着せたくない。今日は、お土産はそのまま持って帰るが、またこの次来る。諸君はよく大隊長の命に服して、作業に従事してもらいたい。ソ軍は、諸君を収容したために多大の食料に窮している。諸君はその償いにも、作業をやるのは当然である。しかし、ソ軍は諸君の帰還の一日も早からんことを願っている。どうか作業の成績はあげて下さい。この次は、きっと良いお土産を持ってくる」

マイヨルは肩をそびやかして去った。事件は案外簡単に収まった。営倉（といっても単なる空車両）に入った両人は気の毒であった。逃亡した兵は無事に逃げおおせたであろうか。このことについては後で書こう。

捕虜が造った収容所

作業は次第に苦痛が増してきた。それは作業場が遠くなったこと、作業場の露スが妙にやかましく監督したからである。私達は露スのノルマをつきつけられ、露ス並に仕事をさせられた。しかしそれは到底不可能なことだった。露スは情け容赦もなく「ダワイ、ダワイ」と追い立てた。仕事ぶりが悪ければ、収容所長に告げられ帰った後で厳しい叱責を受けた。

私達は一週間に一度車内で演芸会を催した。それぞれにお国自慢やのど自慢をやった。浪曲では、富山の佐々木二等兵が断然光っていた。彼がしぶい声で一席やるときには、皆が憂さを忘れて聞くのである。歌謡曲では関東の大塚が優れていた。彼は、在満当時放送したこともあるとのことである。舞踊で玄人じみたことを見せるのは小林である。殊に、彼が大利根月夜などをやる時などは、私達は今の立場を忘れて眺めた。彼は漫才も得意で、金語楼の真似などは堂に入ったものあった。寂寞としたハルスタイの一角でこのようなことが演ぜられているとは、なんと滑稽なことだろう。

やがて私達は、自らの手で造った捕虜収容所に移転した。東西二百米南北百米位の広さで周囲には二重の鉄条網が廻されていた。しかも四隅の望楼には間断なく警備兵が銃を手にして立っていた。宿舎は極めて粗末なもので、窓は一ケ所しかなく灯りなどの設備は勿論なかった。部屋は二段構えになっており、中央にペチカが備えられている。上段と下段の室内温度差があり過ぎ、下段の下は寒くてねられないような時でも上段の人は汗びっしょりかく始末である。毎晩、不寝番が一時間交代でペチカの番にあたった。

●使役兵の　修理なしける　荒びたる　囚人家屋に　収容されし

伐採はいよいよ本格的になった。病人以外はすべて作業に出された。ソ軍週番士官や収容所長が一日に二度も三度も舎内に廻ってきて、清掃の状況や宿人の点検をした。清掃は残留の病人によってなされた。少しでも床板が汚れていると、彼らはグリャースナ（汚い）といって残留者をひどく叱りとばした。そしてガラスの破片でごしごし床の汚れを削りとらせるのであった。しかしどんなに綺麗になった床も、作業兵が帰ってくればたちまち元のどろ板にかえるので、残留者は精神的にも肉体的にも苦痛が激しかった。病気が高じてくるとソ軍医の立ち合いの下に日本軍医の診断が行われ、彼らは病棟に移された。作業が激しくなればなるほど病人が続出した。病人の多くは、栄養不良と極寒からくる肺炎が一番多く、次は栄養失調である。病棟はたちまち満員になった。病人は詰められるだけ入れられた。薄暗い病棟は私達のいる宿舎より不衛生であった。彼らはそこで呻吟（シンギン＝苦しんでうめくこと）しながら、郷愁の思いに気も狂わんばかりであった。

●酷寒の　迫りくるとき　病める友　とみに増えきて　移されにける

伐採場の犠牲

入ソ以来、最初の犠牲者はこの病棟ではなく伐採場でおこった。私達はまだ明けやらぬ暁に起こされた。作業兵はすべて広場に整列し、昼食を腰に下げて伐採場に歩いた。十一月の極寒の中である。完全防寒具に身を固め、目玉だけが光っている。多くは露スの白いシューバーを与えられているので、緩慢に歩く姿は全く緬羊の群れの様である。一里以上もある伐採場には歩いて来るだけで大儀であった。私達は疎林の中に入り、白樺や松の立木を切り倒した。二人びきで座りながらひくのだが、5分も続けられなかった。たちまち指が痛くなり防寒具の上から力まかせに摩擦しなければ恐ろしい凍傷になるのである。そばに薪を山ほど積み重ね、天も焦げるような焚火をして暖をとった。私達は作業係や警備兵の芽を盗んではこの焚火に集まった。しかし作業の結果がたちまち現れるので、成績の悪い時には雷のような声で叱責された。大方は指揮官がその責任を取らなければならなかった。彼らは、日本軍の規律の厳しいことを承知しているので、上官に気合を入れる方が効果的であることを知っていた。立木はたいしたものがなかったが中には直径一米位あるものもあった。倒す時には「倒れるぞっー」と大声で叫び、周囲に人がいるかを確かめてから倒した。バリバリバリと激しい音をたてて傍の細い立木をへし折り、枝を飛ばしてうなりを生じて地べたに倒れる時は殺人的な響きをたてた。

●**働かざれば　食ふべからざる　国にして　夜の明けぬうち　ラボータ（仕事）に出づ**

●**防寒具　まとひて雪の　路ゆくは　緬羊の列の　歩みに似たり**

忘れもしない岸本の死んだ日。当日は寒さがいつもより厳しく、まつ毛にも真白な霜がかかって、まばたきをしながら歩いた。私達は、仕事をするよりも焚火にあたっている方が多いくらいだった。そんな時は露スも焚火から離れないので、割にのんきであった。

午前十一時頃、私は作業の状況を見るために各班を廻った。三班に来た時、丁度そこに焚火があったので手を温めながら「お～い、みんなあたれっ－」と大声で叫んだ。あちこちから皆が集まってきた。手を火にかざしながら談笑しているすぐ近くで「倒れるぞ－」と合図の声。驚いて振り向くと直径四十センチほどの大木が、ゆらゆら揺れながらいくらか右に傾いているのである。私はすぐ間近に岸本らが焚火に集まっているのを見た。「こらっ、倒れるぞ、危ないから退け！」、二、三人の者が起き上がって焚火から離れたが、岸本や他の二人は悠々と煙草をくゆらせながら倒木の方を見ている。「退かんか、潰されても知らんぞ」と再度怒鳴ったが、彼らは判っているよといわんばかりにおもむろに腰を上げた。その時、どうした風の吹き回しかにわかに木がメリメリと傾き始めた。「危ない、逃げろ」私達は思わず叫んだ。彼らもびっくりして走り出したが、どうしたのだろう岸本の奴、木の倒れる方向にわざと走っていくではないか。木は岸本の方に追いかけていく「危ない、右に寄れ、右に寄れ」と夢中で叫んだが、彼には聞こえているようには見えない。不器用な足取りで走っていた彼は、一列に並べてあった丸太につまづいて前のめりに倒れた。瞬間、枝音高く倒れてきた大木が、あっという間に岸本を圧して押し潰してしまった。私達はしばらく声をのんでこれを見つめたが、我に返って岸本のそばに駆け寄った。

「岸本大丈夫か」「岸本どうした」しかし彼は返事をしなかった。「おい、みんな木を持ち上げろ」私は班長と二人で岸本を倒木の下から抱き起した。岸本はすでに血の気が失せて、またたく間に体が冷たくなっていった。「岸本しっかりしろ」戦友が怒鳴った。岸本の顔は、丸太の切口と倒木に挟まれたため頬骨の辺りがざっくりと割れて顔は血まみれ、見るも無残な形相をしていた。戦友は泣きながら、すでに固くなりつつある両手を胸に組ませた。これまで生死を共にしてきて、あれほど帰還の日を待った岸本がここで死なねばならないとは・・。私は、あまりにもはかない人の命に涙も出なかった。私はただちに警備兵に報告し本部に伝令を走らせた。大隊長がそりで着いた時には岸本の体はこちこちに固まっていた。遺体は収容所に運ばれた。

戦友を一人失った私達は再び午後の作業にかかったが、殺人的な倒木の音を聞く度に背中に冷水を浴びせられたような嫌な気に襲われた。夕陽が白樺林の陰に映る頃「作業止めー」の合図が森の中に響くと、私達は救われたようにほっとするのであった。薪を一本づつかついで長い路を帰ってくると、途中で陽はとっぷりと暮れて氷りついたそり路だけが白く光っていた。宿舎に帰ると残留兵は、声をそろえて「ご苦労さん、ご苦労さん」と私達をねぎらった。

防寒具を解き、部屋に座る間もなく炊事場の方から「飯あげー」の呼ぶ声が聞こえてくる。「それっ」とにわかに舎内が活気づき、兵は飯盒を手にして炊事場に走るのである。やがて湯気の立つ飯盒を両手に持ってくる兵を待っていた上等兵は、早速各人の飯盒を並べて一へら一へら平等に分配するのである。一足遅れてきた兵の飯盒には黒く焦げついた飯が入っているのであった。固唾をのんで上等兵のへらを見つめている兵の眼は異様にひかって、一粒の不公平も逃さないまなざしである。私達は飯のかたさの程度によって、時には木製のスプーンですくって食べ、時には箸を使って喜ぶのであった。

その晩は、岸本のために近親の戦友と幹部とだけが集まってお通夜をした。岸本の枕辺には高粱（コーリャン＝中国作られるもろこしの一種）の飯が盛り沢山あげられた。またパン工場からの香料（香典）として丸いパンが十数個板の上に乗っていた。松葉を線香代わりにたき、僧兵が肌身離さず持っている袈裟をかけてお経を唱えた。寒気がひしひしと背に迫り、静まった部屋に重々しく、悲しく切なく響く読経は私達の涙を誘った。

荒漠たるこのシベリアで、無精を戦友に認められながら、独り死んでいかなければならないとは・・。私は彼の霊魂が、あの雪白樺の林の中を蒼白い光を放ってさまよっているのではなかろうかと思った。切々と響き渡る読経は、あたかもさまよっている彼の霊魂に限りない安らぎを与えているかのように聞こえた。私は、彼のためにこの救いを喜ぶと共に、自らのためにも言いようのない慰めを覚えたのである。岸本の死骸は、翌朝、死かばね室（実は営倉）に暫時安置された。五人の戦友がトポール（おの）と円匙（えんぴ＝シャベル）を持って岸本の墓穴を掘るべく裏山に登った。

その日の夕方、私達が作業から帰るとただちに彼の葬儀が行われた。式が終わると、戸板の上に横になった岸本の死骸を、ともすれば転がり落ちそうになるのを手で押さえながら墓場に運んだ。つつじの茂った裏山の凹地に岸本を葬ると、その上に白樺を削った墓標が立てられた。表に「陸軍上等兵岸本〇〇の墓」と墨で書かれ、裏には「昭和二十年十一月〇〇日死亡」と書いてあった。

●ひき止むる　間もあらばこそ　倒木の　下に死にたる　友もありけり

●朝《あした》より　斧を手にして　丘のべに　穴を掘りたり　友の塚穴

●広原を　吹く風の中　白樺の　白き墓標が　四十余り立つ

白樺の墓標は次々と立てられた。これらの犠牲者はみんな病棟で亡くなった。伐採場での犠牲者は岸本一人であった。しかし軽傷者は数多く出た。凍傷でやられているのが多かった。枝で頭を打ち、人事不省に陥った下士官もあった。

シベリアの土産

作業は昼間のみだけでなく、時には夜中に起こされることもあった。糧秣が到着した時などは、夜でも出されたが、そのような時は、喜んで作業に出た。貨車から降ろされものを倉庫まで運搬するのである。兵は監視の目を盗んで、えん麦、高梁、塩魚、缶詰などをポケットに入れたり手袋の中に入れたりした。勿論、食えるものは塩魚だろうが麦粉だろうが、腹が満つるまで食った。缶詰のようなものは、路のそばに蹴転がしてやり、翌朝作業に行く途中に持っていくというよ

うな者もいた。それは最も賢明なやり方である。何故なら、作業が終わって宿舎に入る時、衛兵所で綿密な身体検査が行われたからである。大方の者は見つかった。係りの人は手品師のように、ポケットや手袋や帽子の中から、いろいろなものを取り出した。見つかる毎に「ホーヤ、ヨッポェマーチ（馬鹿奴）」と顔を見合わせて苦笑するのであった。しかしこれはどんなに取り締まってもなくならなかった。兵は、取られても、ののしられても、万一持って帰れたら幸いだと思う。糧秣運搬の時には必ずこのヨッポェマーチが現れた。太田二等兵がこの厳重な検査の網をくぐって塩魚を五、六匹持って帰った。　彼は得意になってこれをペチカの上に乗せて焼き、じりじりと辺りに得も言われぬ匂いをたたよわせた。戦友は皆で彼の手腕を羨みの眼を向けながら訊いた。

「どうやって持ってきたのだ」

彼はゲラゲラと笑いながら
「裸の中に入れてきたのだよ」

と答えた。皆は焼けた魚を少しづつ貰って、喉をならして食べたのであった。

　伐採場では、小休止の時に皆が白樺で細工をした。器用な人は二股になっているところの芯を取り出して美しいパイプを作った。スプーンは誰でも作った。年老いた兵は、これをいくつもこしらえて
「これは母ちゃんに、この細いのは○○ちゃんに、この曲がったのは○○に・・」

と帰還後の土産話までするのである。愉快なのは佐藤中尉の計画であった。

「このスプーンとへらは紫のふくさに包み仏壇に供えて、子々孫々に伝えてやる」

したがって、焚火の周りは白樺の削りかすでうず高くなるのであった。熱心な人は舎内に材料を運んで、暇を見つけては独りコツコツと刻んでいるのである。呉屋班長は沖縄の人で「俺は帰ったところで家はないだろう。心配なのはカカアの奴だ。まさかアメリカ人の妾などになっておらんだろうなあ・・。畜生、そんなになっていたらただでは済まぬぞ！」

彼は、とぎすましたノミで器用に飯椀や湯呑みなどを作った。ことにスプーンは彼一流ので呉屋式スプーンといわれて流行したほどである。

兵はだんだん作業に疲れてきた。もはや露スの叱責などは意に介さず、横着に身を横たえたまま焚火の周りで細工に余念がなかった。

「まごまごしていると死んじゃうぞ」

という観念が強く彼らの頭を支配していた。私は露スと兵との板挟みになって苦しんだ。疲れている兵に、作業を命ずることはできなかった。成績の悪い時は、警備室に連行されて詰問された。そのような時に、営倉入り第一号が私に回ってきた。

営倉入り第一号

その日、私達は少しも仕事をしないで焚火にあたっていた。私も意地になって仕事を要求しない。焚火の周りは白樺の削り端で真っ白になった。この様子を後の山で見ていた収容所長が威丈高なって山を下りてきた。私達はこれを見ると一斉に焚火の周りから離れて仕事にかかった。所長は、いきなり焚火のそばに行くと足で焚火を踏みにじり、何かわめきながら辺りの兵を突き飛ばし、あたるべからざる剣幕である。

「カマンジール、グジエ（指揮官はどこだ）」

と叫びながら、白熊のような目をむき出して作業場を駆け回るのである。私は仕方なく所長の前に出ていった。彼はげんこつを振り上げながら
「貴様は指揮官か、今日はどれだけ仕事をやった、全然やらんだろう。貴様がぼんやりしているから兵も仕事をやらんのだ。名前は何という、何のためにこの階級章を付けているのか。こんな役に立たない指揮官にこんなものがいるか！」

彼はいきなり私の襟をわしづかみにして襟章を外してしまった。

「指揮官はこうしてやるのだ」

といいながら、私の腕をとり我武者羅に薪の上につき上げた。私は、高さ二米位にも積み上げられた薪の上にでくのぼうの如く突っ立ち、口惜しさと情けなさで声も出ない。案山子同様に所長の去るまで立っていた。所長の姿が見えなくなるや下りて言った。

「さあ、みんな狼が行ってしまったようだから、またあたろうや」

しかし兵達は私の立場に同情してか誰も集まってこない。作業が終わって帰る道すがら、私はこれは簡単には済まされないと思った。果して、帰営直後直ちに点呼が行われた。解散の前に所長が自ら各中隊を廻り、一人一人顔をじろじろ見ていたが、私の前までくると「これだ、これだ」といいいながら、手をわしづかみにして部隊の前に引き出した。

私は直立不動の姿勢をとらされ、今日の醜態を全員に披歴された。そして彼は言った。

「ソ連においては、働からざる者は食うことができない、このような者は厳重に処刑さるのである。日本においてはどのように処置するのか、大隊長！」

大隊長はちょっと考えてから言った。

「一週間減食させて重労働に服させる」

「そんなことでは手ぬるい。皮を剥いで焼いてしまえ」

と冗談ともつかないようなことを言い、自ら私の手を引いて営倉へ連れていくのであった。営倉は一坪位の広さで床板はなく土間である。壁は太い角材を積み重ねて造られたもので、西側に一つ三十センチ四方の窓があった。その窓も外には鉄格子があった。死者のあった時はそこに安置されるのである。彼は私を部屋に突き入れると、バタンとドアを閉め厳重に鍵をかけて出て行ってしまった。ペチカを焚いてすら寒い部屋に、火の気一つもなく、格子窓から入ってくる身を切るような風、私は今晩体が持ちこたえるだろうかと危んだ。暗い部屋に黙然と突っ立ち鉄格子の窓の外を見れば、降るようにまたたく星空であった。


考えるともなく私の恐れていた妄想が襲ってきた。それは一夜ここに横たわり裏山に葬られた死者の面影である。やせこけた顔、青白いこちこちに固まった顔、私は息詰まるような恐怖を覚えた。周囲から圧迫するような黒い壁に窒息するかと思われた。しかし次の瞬間、突き刺されるような寒気を覚えた。じっとしていれば凍結してしまう。私は暗闇で手を摩擦した。足踏みをした、駆歩をした。

死に物狂いの運動をした。しかし、体が疲れてくると腰を下ろして休まなければならない。やがて私はめまいを感じ、眠気を覚えてきた。この睡魔に負けたら終わりだと思った。私は敢然と立ちあがった。狂気じみた運動をした。くたくたになる疲労を覚える。次に来るのは身を切るような寒さ。そし亡君の顔が浮絵のように壁に映り、私は狂うのではなかろうかと思った。その時、私は戸外に人の足音を聞いた。ハッと思って耳を澄ますと「小隊長殿、小隊長殿」と誰かが私を呼んでいるのであった。

「佐々木です、小隊長殿。パンを持って参りました」

「佐々木か！、ありがとう。その鉄格子の窓から放り込んでくれ」

私は未だ温かいパンを両手に固く握りしめた。涙が頬を伝って流れる。

「小隊長殿、大丈夫ですか、寒いでしょう」

佐々木はもっと何かを言いたげであった。

「また後で来ます。辛抱してして下さい」

といって去ってしまった。私はこの冷蔵庫のような部屋で、しみじみ人の心の温かみを知ったが、寒気と霊気と眠気は払うべくもなかった。幾時間たったのだろう。私には一分が一時間ほどに思われた。いや、幾日も置き去りにされたような気がした。この暗闇から明るみへ出されるのはいつのことだろう。永久にこの闇の中に葬らされてしまうのではなかろうか。そんなことを思い出しながら、終始体を動かして冷えるのを防がなければならなかった。

しばらくして―私には十時間も経過したと思われたが―また戸外で呼ぶ声が聞こえた。それは伊藤一等兵であった。

「小隊長殿。大丈夫ですか、今九時です。防寒具を入れてあげたいのですができませんか」

小さい鉄格子の窓からはこぶし程の黒パンを入れるのがようやくである。

「ありがとう、済まないな。俺はもう十二時過ぎだと思っていたよ。まだ九時か、俺は大丈夫だからな。帰って皆にもそう言ってくれ」

兵は一時間ごとにやってきて私に時刻を知らせてくれた。そしてそれが私にとっては限りない力となり慰めともなり、倒れそうになる根気を奮い起こしてくれた。私は小水を催すと部屋の隅に垂れ流した。それが数分とたたないうちに凍りついた。その上にまた垂れると、氷の上に層をなして凍りつくのである。

　格子窓の向こうが白みかけてきた頃には、私は立っていることさえ容易でなかった。めまいがしてふらふらとし、そのまま昏倒しそうになった。きしきしと氷を踏む足音が近づいてきた。露スだなと私は直感した。ガチャガチャと鍵に触れる音がして、扉がギーと開けられた。

「エジ、シュダ（ここへ来い）、ダワイ（出ろ）」衛兵所の下士官がうす笑いを浮かべながら招く。彼が鍵をかけている間に、私はよろよろと外に出た。ようやく白みかけた頃だろうと思っていたのに外はもう大分明るくなり、飯あげも済んだところだった。私は命拾いをした思いで宿舎戻った。

「小隊長殿、ご苦労様でした」

「大変だったでしょう」

「すみませんでした」

兵は口々に私の労をねぎらい、飯盒に二人分の飯を盛り上げて持ってくるのであった。そのことがあってから兵は自ら進んで良く働いた。私が休んでくれといっても、いいですよと言いながら辛い作業も快くやってくれた。私は営倉に入って良かったと思った。作業の成績も他の小隊よりずっと良くなり、私は「ハラショー、ラボーター」っと言って、所長から再三褒められたのであった。

粟の原穀

ラーゲリ（捕虜収容所）に日本の新聞が入ってきたのは一カ月位経ってからだった。私達の部隊はまだ軍紀が維持されていた時で、そんなものは受け入れられなかった。

「露スの宣伝だ。誰がこんなものを信用するかい」

私達は新聞の配給があれば読みもしないですぐ破り、マホロカ（煙草）の巻紙に使った。始めは一週間に一度位の割できたが、だんだん頻繁になり二日毎に配給されるようになった。最初は見るのも汚らわしいと思ったが、後には、読んだところで信用しなければいいだろうと思い、退屈しのぎに記事を読むようになってきた。

幣原内閣成立！（第四十五代は幣原喜重内閣＝昭和二十年）

天皇制打倒！

同志　野坂参三氏の演説要旨！

平和の護りソ同盟！

社会主義から共産主義へ！　　等々

「何だ馬鹿々々しい、我々を赤にしようってわけだね」

私達は、むしろ漫画でも見るような気分で読んだ。

黒パンでもえん麦でも、何とかあるうちは良かった。次第に私達に窮乏が見舞ってきた。収容所長が私達の糧秣を横流ししているらしかった。飯盒の飯が次第に減ってきた。黒パンはだんだん小さくなってきた。しかも唯一のビタミン供給の乾燥馬鈴薯も切れてきた。塩もなくなってきた、パイメンも切れてきた。私達はどろどろのおかゆをすすり、にぎりこぶし大のパンを食う日が数日続いた。やがてそれが一日二食になった。私達は作業から帰ってくるとばったりと上がり框に横たわり、脚絆をとる元気もなかった。

「畜生！あんこのぼってり入ったぼた餅がくいてえなぁ」

「贅沢はいわねえ、真白い飯をたくあんでたらふく食ってみたいなぁ」

間もなく私達に粟の原穀が配給された。食わないよりましだった。しかし吐き出される穀は極めて少量だった。私達は、綺麗に穀を吐き出すにはあまりにも腹が減っていた。後で深刻な結果をもたらすことなど知るよしもなかった。二、三日して私達は一斉に便秘に悩んだ。吹きさらしの便所で五分間も十分間も居ることは容易なことではなかった。それでも出れば幸いである。痔病の人などは血で便所を真っ赤に染めながらうめいた。十分間も外で頑張り帰ればまだ尻が温まらないうちにまた便意が襲ってくるのである。赤裸々に書くにはあまりにも情けない話だが・・。私達は仕方なく小枝を入れて掻きだそうとしたが、しかしこれは痛くてたまらない。背に腹はかえられない。ついには指を入れてほじくった。だがそれとても功を奏さない。かくするうちに、腹の中で発酵した汚物は液汁となってたえず流れ出てくるのである。顔面はどんよりと鉛色になり、むくみ出してくる。ことに下痢でもしたら最後である。このような時における下痢は最も恐ろしかった。死亡者は続出した。ビタミン欠乏症が出た。体の表面に赤褐色の斑点が無数に出てくるのである。微熱が続き、体がけだるくなってくる。軍医は壊血病であるといった。夕方になると、視力が減退してものが見えなくなってきた。夜盲症である。

ある日作業の帰途、二人の欠員が出た。また逃亡者かと騒然となった。しかし間もなく発見された。二人は夜盲症のため進路を見失い、白樺の林をうろつきながら大声で呼んでいたのである。杉本は昼間も見えなくなった。瞳孔は死んだイワシの眼のように白く濁っていた。彼は寂しく宿舎に残って作業兵の帰るのを待っているのであった。軍医は、牛の肝臓を食べれば良くなると言った。私は炊事係に頼んで毎日少しばかりの牛肉と肝臓をいただきながら彼に与えた。彼の眼からだんだん白濁が薄れていった。夜間、便所に出る時には必ず戦友を起こして一緒にいったのであるが、作業から帰ってぐったり死んだように眠って戦友を起こすのは彼には忍びなかった。彼は時々無理をして一人で便所行った。ある晩、彼は衛兵に連行された帰ってきた。帰路を間違えた彼は、かすかな衛兵所の灯火を頼りに歩いていった。夜半忍びよってくる彼を発見した衛兵は驚いて誰何（すいか＝誰かとよびとめること）した。そして拳銃を向け彼を捕縛したのである。

二度目の逃亡兵

極寒の最中、伐採場で二度目の逃亡兵がでた。警備兵はただちに足跡を頼りに追跡した。私は彼らの軽率さに憤りを感じた。また一方では無事に逃げてくれればいいがと思った。彼らは翌日の夜半に発見された。伐採場から逃げた二人は、南へ南へと夢中で歩いた。空腹になれば、固く冷たいパンをかじった。河に到達すればどうにかなる。夜を徹して歩いた。発見の恐れがあるので暖をとることもできない。二人は翌日の夜半、飢えと寒さのために森の中で焚火をして、パンを焼き足を温めた。細々とかすかに立ちのぼる煙は発見される目標となったのである。二人は間近に銃声を聞いた。露スの威嚇射撃である。二人はガバッと起きた。一人は靴を履いていたのでそのまま必死に走った。しかし彼は胸を撃ち抜かれてその場に倒れ、さらさらと降る粉雪を血に染めた。一人は素足だったので急いで靴を履こうとした。履き終わったときには、拳銃を手にした警備兵が至近の距離に迫っていた。彼は、一人の友を白樺の森の中に埋めて、私達の元に連れてこられた。私は彼の顔を見ることができなかった。収容所に帰った彼は人事不詳に落ちいるまで殴られて、営倉に入れられた。半病人になった彼は間もなくどこかに転属されたのである。

ある時、収容所の庭で面白い活劇が演ぜられた。夕方飯あげが終わって帰ってきた兵の飯盒を受け取った上等兵が意外なものを発見した。それはねっとりとしたえん麦飯の表面に明らかな五本指の跡がついていたのである。彼は真っ赤になって兵を叱り飛ばした。

「こら、飯盒の飯を途中で食ってきたな白状しろ」

兵はこれを懸命に否定した。

「上等兵殿、とんでもないです。自分はそんなことぜんぜん知らんです」
上等兵はいきり立って
「よし、俺は明日ついていって状況をみてやる」
翌日、上等兵は早朝に起きて兵と一緒に飯あげについていった。炊事場からはもうもうと湯気が立ちこめていた。未だ明けやらぬ空にはきらきらと星が瞬いている。各中隊の当番兵がガラガラと飯盒をならしながら続々と集まってくる。狭い炊事場はたちまち騒然となった。炊事兵は声を涸らして場内の整理をしようとしていたがなかなか静まらない。次々と湯気が立ち上る飯が飯盒に盛られる。ともすると、飯盒が人の腰におされてもぎ取られそうになったり、ひっくり返りそうになったりするので、これを握っている兵の心境は全く並大抵ではない。上等兵は「なるほど、これは容易なことではないわ」と思いながら、兵の持っている飯盒から目を離さなかった。その時である。後からいきなり腕が伸びてきて、兵の持っている飯盒の飯をわしづかみにした。兵は全く気づかない。上等兵が「こらっ！」と大喝した。そしてむんずとその腕を掴んだ。腕を取られた男は、必死にこれを振り切って外に飛び出した。上等兵はすかさずこれを追った。飯盒を持った兵達は驚いて出て二人を見ていた。二人は懸命に駆けていく。便所に来た人達も不審に思いながら立ち止まってこれを眺めている。男はもはや自分の中隊に入るわけにもいかない。さりとてどこにも隠れ場所はない。本部の周りや便所の周りを息せき切って走り回る有様は、まったく異様な風景である。ついに兵は上等兵につかまって、いやというほど往復ビンタを張られた。さんざん説教をされて帰ったのである。

最初に逃亡した本多等三名の状況はその後少しも判明しなかった。私達は無事逃げおおせたと思っていた。満領に入れば大丈夫であろう。彼らの事は忘れていた頃、意外なニュースが入った。やはり本多らは発見されていたのである。彼らは警備のさほど厳しくなかった時であるし、また綿密な計画の下に実行したので多分九分九厘まで成功したのであった。

小舟を拾って黒龍江を無事渡った三人は空腹のためすぐに満人部落に入った。満語の特異な佐々木はすぐにある家に入り、要領よく事情を話し、食事と暖を願った。在満当時の日本人の恩恵をもはや仇では返すまい・・。家の人は同情して親切に薪をどんどん燃やし、どんぶりに温かい飯を沢山持ってきた。三人は、満腹と安心のために横になるとたちまち眠ってしまった。満人を信頼したのが不覚であった。家の女が発覚を恐れてソ軍に密告したのである。三人は家をソ軍に取り囲まれた事も知らずに高いびきで寝ていた。やがて三人は耳をつんざく銃声で目覚めた。逃げようとした佐々木が胸部を貫かれて倒れた。彼はその場で死んだ。伊藤は大腿部を貫通され歩行不能になった。軽傷すら追わない本多は連れて行かれた。彼もやはりビンタの雨を浴び、数日営倉に入った。

ある日、私達は時ならず広場に集合を命ぜられた。何事だろうと思っていると、営倉から本多が引き出されてきたのである。彼は蒼白な顔をして、うつむきながらあたかも死刑囚のような格好で歩いた。所長が通訳に何事か言った。

「只今より本多君の逃亡の動機、途中の状況、発見された時の心境、今後の覚悟などについて語ってもらうそうであります」

彼は本多の方に顔を向け「本多君どうぞ」と促した。背の低い彼のために用意され台の上に立った彼は、しばらくうつむいた顔をあげられなかった。やがて彼はかすれた、それでも意外にはっきりした口調でぽつりぽつり語るのであった。

「ご迷惑をおかけして申しわけありません。私は皆さんのどんな処置でも受けたいと思います。私には満州に残してきた妻と子供が二人おります。小さいのはまだ乳飲み子であります。私は妻や子供のことを考えると一時も此処にじっとしておれませんでした。会いたい一心で矢も楯もたまらず皆さんの迷惑をも顧みず大それた考えを起こしましたけれどこのようなざまになってしまいました。とても逃げられるものではありません。私は今後、自分の犯した過失を償うためにも一所懸命働きます。どうか許して下さい」

しまいには涙声になり一語一語声を呑みながら語った。私達はなにか心打たれて、咳一つせずに聞いた。ある者は、自分の妻や子のことを案じて暗澹となるのであった。

盗まれた供養

野菜が切れて二カ月、私達はいろいろな病気と戦かった。一方その調達にも苦労したのある。警備隊宿舎の薪割に行った兵は、帰りに彼らが捨てた馬鈴薯の皮を大事に拾ってきた。あるいは馬小屋から馬の食い残した甘藍（キャベツ）の葉を盗んできた。そしてこれを飯盒に入れて水にし、筆舌にし難い味の悪さを薬だからと言いながら食べるのだった。

白樺にカサカサした白いキノコが沢山出た。「これは食えるキノコだ」と誰かがいいふらしたので、先を争って取って食べた。これは「シベリアするめ」という名で愛食された。伐採場で自然倒木を掘り起こす時など、ときたま痩せこけた鼠が飛び出すことがあった。これはたちまち兵に捕らえられた。足で踏み殺し串に刺して焚火にかざした。ある時、私はぷんぷんと牛肉の匂いが鼻をうつのに驚いた。不審に思ってそばに行ってみると、兵らがしきりに口をもぐもぐさせている。「お前は何を食っているのか」と訊くと、「これですよ」といって差し出したのは、何とすり切れた編上靴であった。食料は極度に窮迫した。そんな時に四班の神林が死んだ。死者に対しては、炊事から特別に糧秣が配給になった。班内でこれを料理して死者の枕辺に備えた。呉屋班長のこしらえた白樺の椀に盛られた。椀には団子が十数個入れられる。これがせめてもの供養であった。死屍室には班内の兵が一人づつ一時間交代で不寝番に立った。

翌朝、班長が困った顔で私の所にやってきた。

「小隊長殿、困ったことになりました。ひどい奴らです。神林の供えものが無くなってしまいました。徹底的に調査しましたが白状しません。不寝番についた奴らに決まっております。全くひどい奴らです。どうしましょうか」

私は唖然とした。まさかここまで私達は落ちてしまったとは信じられなかった。しかし一方ではやりそうな事とも思われた。ともあれ私は真相を確かめようと思い、昨夜の不寝番を集会させた。集まってきたのはいずれも子供の三、四人もありそうな年配の兵である。私はその太々しい面構えに圧倒されそうになった。しかし私はあくまで糾弾しなければならない。

「昨夜、神林の供物を食った奴がこの中にいるだろう、誰だ、言ってみろ！」

「・・・・・・」

私は、日頃もっとも食い意地の汚い後藤二等兵に

「後藤お前だろう、なぜ黙っている！」

「小隊長殿、自分は知らんであります。自分がついた時は半分ほど無くなっておりました」

「後藤の前についたのは誰か？」

「はい、沼沢であります。私がついた時にもそうなっておりました」

次々と詮索していくと結局食った者はいないことになってしまった。私は浅ましいと思った。

「お前らが食わんで誰が食うのか。神林が食ったとでもいうのか。この中に必ず食った奴がおる。あるいは申し合わせて全員で食ったのか。お前らが白状しない限りは俺にも判らない。しかし浅ましいと思わんか、情けないと思わんか、それほどまでに貴様らは落ちぶれたか。死んだ神林は何と思う。死人に口なし、神林には迷惑でこそあれ、有り難くはないと思わんか。供物は、神林の霊を慰めるための私らのせめてもの心づくしだ。どうだ、後藤、お前はどう思う？」

「はい、小隊長と同じように思います」

私は彼らの横柄な態度、ことに薄笑いを浮かべながら聞いている後藤の態度にカッとなった。

「お前らには俺の言ってることが判らんのであろう。判るはずがない。その顔を見れば良く判る。俺は今まで説教がましいことを言ったことがない。しかし今日は貴様らの骨髄に響くように聞かせてやる。犬畜生だ。日本人の面汚しだ」

私はいきなり後藤の髭面をビンタした。居並ぶ七、八人の兵を張り倒した。瞬間、異様な緊張した空気が辺りにみなぎった。私も語気が熱して震えを帯びてきた。

「この中には濡れ衣を着せられた真面目な者もおる。その者に対しては申し訳なく思う、許して貰いたい。だが、これを犯した者はよくよく反省して貰いたい。今後、このような事件の無いように良く注意してもらいたい」

私は炊事係に事の次第を話して、再度の特配を頂いてきたのであった。

寒気に震え、伐採におびえ、空腹に狂いながら私達の郷愁はもえるようであった。ああ、早く帰りたい、妻はどうしているだろうか、家は焼けていないだろうか、私達はシベリア鉄道の沿線にいたので、列車の通る度に果てしない嘆きに暮れるのであった。あの列車に乗れば、幾日か後には日本海の見える岸辺に着くだろう。空を飛ぶ飛行機などを見れば殊更に、あれで行ったら明日あたりには家族と一緒に温かい飯が食えるだろうなあ、と嘆息するのであった。

むせび泣くおくつき（墓所）

精神的にも肉体的にも疲れ切った私達は、帰国の夢すら忘れがちになった。ある日、私は伐採場できつつきの鳴き声を聞いた。林の中に射してくる陽の光には何となくやわらぎを覚えるようになってきた。白樺や松は、油のために鋸をあてるのが困難になってきた。日増しに雪が消え、陽だまりの好い所には懐かしい土が見えてきた。そして凍土の中に混じって淡い緑のたんぽぽの若芽がのぞいているのだった。私は涙が出るほど嬉しかった。

「たんぽぽだ！たんぽぽだ！」と言って掌に乗せいつまでも見ているのである。しかし、そのたんぽぽの若芽もたちまち摘み取り、私達はほろ苦いたんぽぽを食みながら、言い知れぬ感慨を味わった。

●ほろ苦き　たんぽぽの若芽　口にしみて　灼くが如し　望郷の思ひは

間もなく私達に転属の命令が下った。知らず知らずに覚えた露語で「ダモイ、ダー（帰国するのですか）」と訊くと、「ダー、ダー（そうだ、そうだ）」とにこにこして答えるのである。私達は装具を整えて広場に集合した。装具といってもリュックの中には飯盒、水筒、スプーン、毛布くらいのものである。広場からは裏のつつじ丘が見えた。そして丘の上には幾つもの白樺の墓標が林のように並び、陽光を浴びて明るく光っているのであった。全員丘に向かって黙祷を捧げる。亡くなった四十数人の顔が一人一人蘇ってくる。私達が去ったら、誰がこのおくつきを護ってくれるのだろうか・・。これから永久にこの丘に眠らなければならない。戦友の霊を想うと目頭が熱くなる。心なしかむせびなく戦友の声が丘に聞こえる。うしろ髪ひかれる思いで心残しながら、半年ほど住み慣れたこの収容所を発った。

●**ハルスタイの　厳しき冬を　長らえて　春待ちをれば　転属《うつ》されにけり**

●**転属の　朝《あした》広場にうち集ひ　友の墓標に　何をかいはめ**

五　マグダガーチェ
街の収容所

私達は例の如く貨車の人となり、数日を経過した。そしてハルスタインよりは大きな街に降ろされたのである。

駅に降り立つ時、私達は意外なものを発見して驚いた。それは駅に働いている露スの中に立っている日本人の集団があったからである。彼らは駅に降りた私達を、遠くから眺めながら大声で呼ぶのだった。「お〜い、あんた方は何処の部隊だ。どこからきた？」

駅名を読むとマグダガーチェと書いてあった。私達は一時間ほど街の中を歩かされた。街は思いのほか大きく美しい家並みが遠くまで続き、名も知らぬ大樹の並木が鬱蒼と茂っていた。その間を、美しいネッカチーフを冠った露婦人などが声高に何か語らいながら歩いている。私達は奇異の感に打たれながら、この異国の文化の匂いをしみじみと味わった。

●マグダガーチェ　駅に降り立ち　驚けり　日本兵あまた　働きをりぬ

●美しき　家並続かひ　名も知らぬ　大樹の並木　茂れる街なり

●ネッカチーフ　被れる女　声高に　語らい歩く　明るき街なり

●郊外の　煉瓦造りの　建物は　これより住まむ　ラーゲリ(収容所)**なりき**

収容所は意外と立派で、諸施設が完備しており、ハルスタイの仮収容所とは較べものにならなかった。そこには既に一大隊の日本軍が収容されていた。私達はそこでいろいろな労働に服した。ダム建設、コルホーズ（ソ連の集団農場）、ソホーズ（ソ連の国営農場）、車両工場、機関庫、鉄道作業等々。私の指揮する小隊は車両工場の使役に出された。私は五十名ほどの兵とともに露スの警備兵に引率されて工場に通勤した。往復に並木の間を通るのはハルスタイでは味わうことの出来ない爽快な気分を覚えた。工場では雑役を命じられた。大工、左官などの特技者は車両の修理や塗替えなどをやった。その他は、工場の清掃や枕木の交換、排水溝の設営などに当たった。私は小隊の作業分担配置が終わると、各作業場を巡視して監督するだけである。帰りには当日の作業成績証を工場長から貰った。私達はいつも百%以上の好成績を収めることができた。それは工場長が私達に対して理解を持っていたことと、小隊の通訳が要領よく話してくれたからであった。私達はここでは極めて平穏な日々を送ることができた。露スの従業員とも親しくなった。一老夫が私に身振りよろしく、激しい口調で何か言った。私は内容の全ては判らなかったが、理解ができる範囲の片言句々からおおよその内容は判るのである。

「テニノウ、ヴローーハ＝悪い」「ラボーータ＝仕事、ニェット＝無い」「テニノウ　ニナーダ＝不要」「トウジョウ　ニハラショウ＝良くない」

彼は右手を横に振り口笛をヒューーと鳴らして、東条秀樹の死刑を表現するのであった。

●**春の陽の　並木の路を　歩みつつ　車両工場の　使役につきぬ**

私は一婦人従業員と親しくなった。彼女はいつも青色のかっぽう着をつけて、工場の食堂で働いていた。私は作業兵の巡視の途中必ずそこに寄った。彼女は私に椅子を勧めながら語るのである。

「貴方は独身ですか」

「いいえ」

私はいたずら心でそんな風に答えた。

「子供は幾人おりますか」

「二人おります」

「それでは早く国に帰りたいでしょう」

「そうです。飛んでいきたいくらいです。何時頃帰れるのか貴女にはわかりませんか」

「ニズナーニ（わかりません）、けれども間もなく帰れるでしょう」

彼女は馬鈴薯の皮をむきながら続けて語るのである。

「日本のマダムは仕事をしないそうですが、本当ですか」

「日本の婦人だって仕事はやります。けれどもソ連の婦人みたいにはやりません。家で子供の躾とか裁縫とか食事の支度とかが主な仕事です。しかし中には職業婦人といって仕事を専門にやっている婦人もおります」

すると彼女は一段声を低くして

「ソ連の婦人は朝から晩まで労働で追われています。死んで初めて労働から解放されます」

彼女は現在のソ連の制度に反感を抱いているようであった。しかしこれを公然と発表しえない制約が彼女をつつんでいるのである。彼女は、他の婦人たち同様に物への憧憬があった。

「オヒツェール（将校）、貴方は首飾りを持っていませんか」

「私はそんなものは持っていません」

「では貴方の兵隊の中で持っている人を知りませんか、知っていたら話して妾（しょう＝女性が自分をへり下っていう言い方）にどうか譲って下さい」

首飾りというのは数珠のことを言っているのである。私は翌日、兵に話して煙草と交換し彼女に首飾りを贈った。彼女はオヒツェール、スパシーバー、スパシーバー（ありがとう、ありがとう）と言いながら鏡に映して眺めているのであった。

一カ月ほどここで働き、私は機関庫の作業に転勤を命じられた。最後の日、私は食堂の彼女に別れを告げに行った。彼女は相変わらず馬鈴薯の皮をむいていた。私は明日から別の所に行かなければならないことを話すと、彼女は悲しい表情をして
「妾は貴方に何も差し上げるものを持っていません。どうかこれを記念に持って行って下さい」

彼女は食堂のスプーンを一つ私に差し出した。私は手をさしのべて握手を求めると彼女は眉を寄せ「手が汚れるよ」と言いながら、土にまみれた指を広げて見せた。私は構わず彼女の手を取った。私の手は馬鈴薯の土でうす黒く染まった。

「ドスビダーニャ（さようなら）、システニーワ（彼女の名前）」

私は中隊長も大隊長も自分をめぐる多くの人々の名を忘れたが、一露婦人の彼女の名は不思議に忘れていないのである。

コルホーズ

機関庫に行ってからは、私は監督に再び気合を入れられた。指揮官が変わったために兵が良く働かなかったためである。私は間もなく元の部下と一緒にコルホーズに作業変えになった。私達は貨車に便乗して、市街から六キロ余りも離れたコルホーズに通った。コルホーズは私達にとっては憧憬の的である。何故ならそこでは多くの野菜に接することができたからである。私達の仕事は馬鈴薯の藩種（はしゅ＝種まき）である。

広漠たる平原をトラクターが土煙をあげて耕している。トラックが後から後から種芋を運搬する。ネッカチーフを風になびかせながら、露娘は牛車に乗り種芋を各所に配置する。私達は手籠に芋を入れ一列に横に並んだ。うねはどこまでもどこまでも続き、果ては地平線に没している。したがって一うねの藩種を終わる頃には、すでに陽は西の果てに傾いているのであった。仕事の成績は藩種された面積によって測られた。私達は監督の目を盗んで株間を適宜に拡大した。五十センチの株間は時には一米になり、五米になり一〇米も飛び離れたりした。面積の割に種芋の量が減っていなければならないので、一ケ所にごっそり入れて調整した。「どうせ収穫まではここにはいまい、後は野となれ山となれ、知っちゃいない」作業の帰りには芋を飯盒に入れたり、小さく刻んで水筒に入れたりして持ち帰った。収穫まではおるまいと思ったのに、私達は緑色の葉を伸ばした馬鈴薯の除草をやらされた。やがて淡紫の花が咲きだした。根元の土をかき寄せてみると、親指ほどの小芋が数多くなっているのである。いい加減に藩いたのだが、こうして眺めると一面緑に覆われ、私達は意外な感じに打たれるのであった。

やがて私達に自らの手で藩いた芋を収穫する時がやってきた。私達は一キロ以上もある一本のうねの前に各々籠を手にして立ち並んだ。茎を掴んで引き抜くと、拳ほどもある芋が十数個固まってなっているのである。籠に一杯になると各所に集積した。牛車に乗った露娘が二、三人高らかに合唱しながら、この山を崩してトラックのそばに運搬する。コルホーズに働く農民の顔には、日本における零細農民のような苦渋の色は全然見られなかった。

私達は小休止になると、めいめいの芋を飯盒に入れて茹でた。次の小休止の時には、飯盒の中に花のように口を開いた芋で一杯になっていた。私達は夢中になって食べた。現場で食べる分にはいくら食べても露スはただ笑って見ていた。しかし持って帰ることはできなかった。したがって私達は色々な方法を講じて、要領よく持ち帰るのであった。一度、収容所の衛兵に検査されて醜態を演じたことがあった。その日も私達は例によって芋をできるだけ軍衣の中に隠していた。先頭の兵が発見されて列から除外された。次々に発見されると、後尾の兵はいつの間にかみんなそばに捨ててしまった。所有者の判らなくなった芋が衛門の庭を覆ってしまった。衛兵は「ヨッポェマーチ（馬鹿奴）」を連呼しながらこれをカマスにすっかり詰めてしまった。衛兵のそばには芋のカマスが山のように積み重ねられた。

指揮官の私は大隊長と共にただちに所長室に呼ばれた。ライオンという仇名で通っている所長は、私達が入っていくやいなや、立ち上がって拳をふりながらわめいた。

「ソ連内においては貴様らのものチリ一つもないはずだ。しかるに、今日この指揮官はコルホーズの芋を六百キロも盗んできた」

私は即座に営倉に入れられた。幸い寒気の憂いもなく、六畳ほどの一室に独り足を伸ばして寝た。私は周囲のわずらわしさから離れ、夜半まで故郷の想い出に耽った。兵の犠牲になることに一種の英雄的気分を感じた。「俺一人営倉に入れば済むことだ」。

●コルホーズは　楽しかりけり　小休止には　芋をふかして　たらふく食ひぬ

●わが播きし　馬鈴薯畑に　花咲きて　やがて収穫の　ときを迎えし

農夫の人情

私は線路工事にも出た。枕木を交換する仕事である。新しい枕木に犬釘を打ち込むのはなかなか容易に覚えられなかった。時々レールを打つ手がしびれるほどの痛みを味わった。私は、ここで一農夫としばらく語り、国を越えたほのぼのとした人情味を感じた。

ある爽やかに晴れた日、兵は二組に分かれて仕事に行ったので、私は兵の装具を監視すべく一人で残った。警備兵も私に信頼をおいて「カマンジール（指揮官）は逃亡しないだろう」といって笑いながら兵の後について行った。美しい花の咲き乱れている周囲の景色に心を奪われ、しばらく故郷を懐かしんでいた。ふと私は線路の下路を歩いてくる二人に農夫婦を認めた。彼らは楽し気に何か語らいながら時折声高に笑った。線路のそばを流れている小川のほとりにくると申し合わせたように腰を下ろした。夫は笑いながら上着をとりシャツを脱ぎ遂には全裸になった。たくましい筋肉を妻の前に披露しながら、彼はザブンと川に飛び込んだ。しばらく遊泳してから岸辺によりタオルで体を洗い始めた。妻は終始にこにこしながらこれを見ていた。やがて衣服をつけた彼は元の位置に座った。そしてさも美味しそうに煙草

をくわえた。その時彼は線路上にいる私に目を止めた。妻と一言、二言なにか話していたが口に手を寄せて
「ヤポンスキー、エジ　シュダ（日本人、ここに来い）」

と大声で叫んだ。私はすぐに坂を下りて彼らのそばに歩いて行った。

「ドラースチー（こんにちは）」

私は挨拶をした。

「さあ、そこに座りなさい」

彼らは言った。

「貴方は指揮官ですか。兵は仕事に行ったんですね。収容所の気分は如何ですか。腹い一杯食べられていますか」彼は矢継ぎ早に訊いた。

「貴方たちは何時帰国するのですか（これは私の方が訊きたいところであるが・・）間もなく帰れるでしょう。昨日のプラウダ紙にも帰国の事が載っておりましたから。貴方に両親はおりますか、妻、子供は。みんなが国で貴方の帰りを待っていることでしょう。実は私も独ソ戦で捕虜になったことがありますので、貴方たちの気持が良く判ります。私には何も貴方たちの帰国に関して力になれません。でも私は貴方たちが一日も早く帰国されることを希望しています。昼食は済みましたか？」

私が首を横に振ると、彼は妻に何事かささやいた。妻は手籠の中から黒パンを取り出し「わずかですがおあがり下さい」と言って差し出した。そして「サルダート（兵）が来ないうちにすぐ食べなさい」と促した。「貴方は煙草を持っていますか」といって彼は新しいマホロ

カの包みをくれた。妻は「マッチもないでしょう」と言ってマッチ一箱を差し出した。私は彼らと一〇分ほど語ったが少しも異国の人と話しているような気がしなかった。私は言い知れない親愛の情すら覚えた。彼らには戦勝国としての傲慢さが少しもなく、私に対して敗戦国の捕虜として軽蔑することもなかった。私は生まれ始めて、ほのぼのとした人類愛というようなものを感じたのである。

　私はコルホーズで一少年と知り合った。彼は十二、三才の賢い眼つきをした少年だった。彼は私達一ケ小隊の作業監督という役目を持っていた。私達が到着すると、いつもにこにこしながら元気よく駆け寄ってくるのである。お前は学校に行かないのか、と訊くと、彼は平然と、俺の学校はコルホーズだよ、と答えた。私は少年に色々な事を話して聞かせた。彼は温泉の事だけはついに信じなかった。

「地中からお湯が湧いてくるなんて、そんな馬鹿なことがありますか」

また私が紙に冨士山を描くと、彼はさも不思議そう眼つきをした。これは山だと言っても、

「そんな格好の山はないよ、いい加減に描いたのだろう」

シベリアのなだらかな丘の他に知らない少年にとっては誠にむべなるかなである。

小隊長の病死

ここマグダガーチェにおいては寒気も和らぎ、生活にもなれてきたためさほどの苦痛を覚えることがなかった。わりに気楽な生活が続き、帰還説もあまり話題にのぼらなかった。ただ冬は越すことはなかろうとだけは各々が想像していた。そのような時、第二小隊長の高山見習士官が突然入院した。急性肺炎である。彼は特別表面に出るほど疲れてはいなかった。「明日から作業に行かんでいいよ」と彼は笑いながら装具をまとめて入院した。私は、大したこともなかろうと思って一週間ほど見舞いにも行かなかった。

鉄道作業の帰途、私は野花を持って様子を見に行った。十畳間ほどの室に患者がベッドを並べて寝ていた。彼は中ほどに寝ていた。私が行くとやおら起き上がったが、私は一目見てあまりに変わった彼の容貌に愕然とした。目はくぼみ、頬は落ち、蒼白な顔に幾分血の色を見せてはいたが、再起しえない相が浮かんでいた。彼は私から草花をとり

「ほう！ここらあたりにもこんな綺麗な花が咲いているんだね」

と言って暫く眺めていた。

「どうだい、飯が食えるかね」

「うん、この頃大分おいしくなったよ。こうして寝ているとどんなに辛い作業にでも出てみたくなるよ」

私は作業の様子などを語り、元気をつけて帰った。それから二、三日して再び訪れた。彼は起きることができなかった。意識が朦朧となっていた。目を大きく見開いたまま、蝿がよってきても瞬きもしなかった。私は言葉を交わすこともできないまま、黙然と立ち尽くした。こうする中で、彼の腹部で激しく下痢する音が聞こえた。枕辺を見ると、阿弥陀経が一冊おいてあり、その上に数珠が乗っていた。私は再び愕然とした。彼は死を覚悟している。いくらかでも気分の良い時は必ずお経を音読していたという。翌日の昼近くに彼は永眠した。

彼は午前中、看護兵にしきりに装具の始末をやらせた。編上靴は某上等兵にやってくれ、新しいシャツと股下は君が使ってくれ、飯盒は班内で失ったものにやってくれ、外套は某一等兵にやってくれ、残りは君が適当に処分してくれ、云々。一切の処置を終わった彼は「今日は固い飯が食いたい・・」終わりまで言い切れず突然うなだれた。驚いて抱き起した時にはすでに弥陀の世界に旅していた。

嫩江を出発以来、終始小隊長として共に生きた友を一人失い、私はいいようのない寂しさを感じた。

●急性肺炎　患ひし友　日毎日毎おとろえ逝《ゆ》くは　我に術《すべ》なし

●固《かた》き飯　食ひたきものと　つぶやきて　一人の友は　命果てたり

●枕辺に　般若心経の書ををきて　日毎唱えつ　死を迎えけり

●嫩江を　発ちてこのかた　生き死にの　はざまに耐えし　兵と別れり

再び転属

春の陽光を狂喜して受け、たちまち百花に覆われた広野に驚愕したのも束の間、八月も半ばを過ぎる頃には、もう秋の気配がただよっているのであった。この冬は越すまい、秋の収穫が終わったらすぐ帰国するだろうと思っている矢先、思いがけない命令を受けた。「本日将校は全員作業を休め、一歩も収容所から外に出てはいけない」一体何だろう、また転属かそれとも帰国か。いや将校だけ先に帰るはずがない。私達は疑惑に閉ざされたまま室内で次の命令を待った。昼過ぎ装具を持って広場に集会。私達はただちに荷物を纏めて外に出た。人員点検が終わると、別棟の宿舎に入れられ一人一人綿密な装具検査が行われた。シャツ一、外套一、飯盒一、水筒一。最小限度の必需品だけ支給され、その他は一切引き上げられた。やがて私達は収容所を後にした。

嫩江以来苦渋を共にしてきた兵とこのようにして別れてしまったのである。私達は幾度も振り返りながら行方も知らず歩いた。駅のそばで三時間も待っていると一両の貨車が入ってきた。私達はその中にぎっしりとすし詰めにされ、入口は固く閉ざされた。窓も外から鉄板が下ろされた。まだ四時頃なのに貨車内は暗闇である。

私達は、露スのあまりにも唐突なやり方を笑った。外界から封鎖されたまま幾時間待機したことだろう。機関車が入ってきて、大きな音響と振動を起こして連結したようだったがやがて何処へともなく動き出した。私達はガタピシする車内に例の如くかたまり合って座った。車輪の音で話もろくに交わせない。横になることもできず、座ったままうなだれて眠った。尿を催すと扉に開けられた穴からした。寝ても覚めても私達は闇の中である。

時折、吠えるような汽笛、激しい音響と振動の中で時は経過してゆく。マグダガーチェからはよほど離れたことだろう。作業から帰った兵たちはさぞびっくりしていることだろう。よく働いてくれた小隊の兵にせめて感謝の言葉くらいは交わして来たかった。もう永久に逢えないかも知れない。離別会合の定まらぬ私達の境遇を考えると、なんといってもわが身を守ることが優先である。生きていればいつか逢うこともあろう。私達は、二、三回朝日が射しこんでくるのを見た。

●突として　装具検査の　命ありて　将校団は　兵と離《さか》るゝ

六　バム

将校団の署名

列車は平原の中に停車した。小さな駅の建物がマッチ箱のように並んでいた。駅名を読むと「バム」と書いてあった。この駅から東北の方向に支線が伸びている。バム鉄道であるとか。私達はこの線路伝いに二列になって歩いた。彼方に建物が散在しているのが見える。おそらくそこに私達の収容所が待っているのだろう。一時間ほど歩いて部落に着いた。煉瓦工場であった。そばに収容所があり、一室を与えられ私達はそこの食客となった。作業は全然なく毎日横になって暮らした。そこにいる先客部隊も、十日ほど前から作業を休んでいるとのことであった。所内には帰還説が流れていた。そこの大隊長は一同を隊長室に集めて、極めて楽観的な説を発表するのであった。

「我々は列車が入り次第帰国することになっているらしい。お互いに体に気をつけてその日を待ちましょう」

ここは帰還部隊の仮集合地らしいとのことである。したがって大隊はいろいろな部隊の混成隊であった。所内には極めて明朗な気分がただよい、民主的な傾向が流れていた。軍紀は私達の大隊ほど厳しくなかった。兵と将校との会話なども軍隊的口調は取れていた。某見習士官がだらしないと言って憤慨した。私達の眼には軍隊の退廃として映った。帰還列車は待てども待てども入ってこない。暫時というので煉瓦工場の作業が開始された。間もなく私達は奇怪な文書に署名を依頼された。それは

「平和を進める国ソ同盟の復興のために進んで作業に従事する」

というような文であった。それは私達の自由意思でなさねばならないものだが、誰一人として拒否した者はいなかった。後難を恐れたのである。帰還延期！これは私達にとって致命的な痛手である。

●ソ（ソ連）同盟　復興のため　自主的に　作業為さむと　署名ありける

私達将校団は、三田大隊（マグダガーチェ）と中村大隊の混成だったが、作業指揮の便宜上、大隊の編成を解き将校団としてこの中から一名の団長を選ぶことになった。無記名投票の結果、中村大隊の福塩田中尉が選任された。私は指揮する身から指揮される身になった。これまで兵と露スの板挟みなって悩んだ重荷が取れて心も軽く私は進んで良心的に働いた。

●団長の　指示に従ひ　働くは　指揮するよりも　気楽なりけり

作業は馬鈴薯の収穫から始められた。冬を間近に控えて各農場は収穫を急いでいた。甜菜（てんさい＝砂糖大根）の収穫、甘藍（かんらん＝キャベツ）の収穫、私達はこの作業に従事している間、飢餓に悩まされることはなかった。食い過ぎて吐く将校もいた。日中はさほど感じないが、夜間は冷えるようになってきた。

作業の見通しがついてくると別の農場に手伝いに行った。湿地帯の芋掘りは楽ではなかった。うっかりしていると膝まで泥の中に没してしまうのである。私達は、板を足に結びつけ沈むのを防ぎながら掘った。掘るというより、泥田の中から芋を拾うといった方が適切である。この芋を掘ったら帰れるだろうと思ったのに、掘りつくしても迎えの列車の煙だに見えず、恐ろしい冬将軍がひしひしと迫ってくるのである。まごまごしていると私達は再びここで厳冬を超さなければならないかも知れない。大工や左官が総動員されて所内の越冬準備が始まった。ハルスタイの苦難をなめている私達は慄然とせざるを得なかった。もうその頃は粉雪が吹きまくり、見渡す限り平原は白一色に覆われていた。

ゆくりなく（思いがけず）私達は二度目の冬を迎えたのである。ハルスタイでは直接作業から離れて兵を監視した私は、今日は二人びきのノコ（鋸）を手に、黙々と伐採場に通うのである。一カ月ほども伐採をやり、近林を切り倒した私達は、煉瓦工場に出ることになった。仕事は、生の煉瓦を乾燥場から本乾燥場まで運搬するのである。一台のトロッコに三人づつつき、積めるだけ重ねた煉瓦を崩れないように用心しながら運んだ。生の煉瓦には、誰のいたずらかいろいろな故郷を偲ぶことが書かれていた。

栗ようかん　ぼた餅　親子どんぶり　××さん　○○君　等々。

生の煉瓦は氷のように冷たいので、積んだり出したりする時には全身に痛みを感じた。手を温める何ものもない。伐採の時は薪をどんどん炊くこともできたから良かったが、ここではそんなものはない。小休止の時には、風の当たらない所にうずくまり自分の体温で手や足を温めるのであった。背に腹は代えられぬ。私達は乾燥場のはめ板を外したり横木をとってきたりしてこれを燃やした。もし見つかったら、それこそ大変。できるだけ速やかに原形を無くしてしまわねばならない。四、五日して工場長に発見されてしまった。彼は六尺豊かな体格で、雷のように怒鳴りこんできた。私達は蜘蛛の子を散らすように逃げた。彼の去った後再び寄り集まって蹴散らされた薪を丹念に集めて燃やした。

●トロッコに　煉瓦を積みて　乾燥場に　運ぶが一日《ひとひ》の　仕事なりけり

●生煉瓦　造りし人も　同胞《はらから》なるか　ぼたもちの字　刻みてありき

●シベリアの　広野に秋は　深まりて　時雨るゝ時ぞ　術はなかりき

芽をふく民主運動

ある日作業から帰ってくると入口に壁新聞が貼られてあった。それには日本新聞まがいの記事が絵入りで美しく書かれている。これは石田見習士官を中心とする民主グループ緑会機関紙であった。会員はわずか五、六名だが毎週かかさず掲示された。露スの青帽（内務人民要員）もこれには大きな関心を寄せていた。会員は次第に増していった。　私達は初めはこれを軽蔑した。某中尉は「だんだん赤に染まってくる、恐ろしいことだ」と呟いた。浜野見習士官は先んじて会員に入った。そして私にも入会を勧めた。私は彼をあざ笑い相手にしなかった。

機関紙には次々にソ同盟を賛美し、徳田、野坂を絶賛し吉田内閣を糾弾する記事が載せられた。将校団からも数名が入会した。会の幹部は四、五名作業を免除され、マルクス、レーニン主義の研究機関紙の編集などに専念した。五、六名の有志から出発した緑会は今や百名を越える会員を擁し、所内に勢力を増してきた。然して会員は率先して作業の陣頭に立ちソ同盟のために、自ら進んで敢闘するのであった。塩田中尉の指揮するわが将校団も、遂に緑会員水野少尉がソ軍の命により指揮権をとるようになった。

寒気はいよいよ厳しくなった。この地はハルスタイに優る極寒の地である。氷点下三〇度以上になる日もしばしばである。氷点下六〇度が最低気温であった。三〇度以下になると作業はできず班内で待機となり、仕事をしない日が多くなった。極寒の為、かえって私達は恵まれたのである。私達は気温が下がることを望んだ。閑な時間が多くなるにつれて囲碁、将棋、麻雀などにふけった。それらの道具は自分達で作ったもので、碁石は白粘土で作った。使うにつれ艶が出て本物の石のようになった。将棋の駒や麻雀のパイは全て白樺で作った。勝負に熱中すると明日の作業も忘れて夜更けまでねっぱるのであった。句会なども催した。夕食後一室に集まって自作の俳句を提出し、これらを批評しあうのである。投票によって優劣を定めたりした。次のような句が出た。

「暁の　彫りし白さや　三日月」　　「大いなる　流れにゆだね　冬に住む」

「たそがれの　雪柴山に　煙たち」　「置き去りし　小ぞりに午後の　日は和み」

私達はこれまでの動物的な生活を反省して、いくらかでも精神的な生活を加味したいと願った。あくせくした生活に余裕を作りたいと努力した。緑会の委員長・石田見習士官を中心にして座談会を催したりもした。
「真の自由とは何ぞや」「労働の意義」「社会主義と共産主義」。

水野少尉の指揮する将校団は鉄道敷設工事に従事した。広野の雑草雑木を切り開き、路面の凸凹をならし、枕木を並べレールを敷いていく。あらゆるものが凍結する頃には、路面の地ならしは不可能になった。凸凹の激しいところになると鉄路が凸部から凸部にあたかも橋のように架かり、枕木は無用の存在となってレールの下にぶら下がっているのである。

私達は飯盒を腰に提げて仕事場に通った。枕木を集めて焚火を作り、一時間毎に小休止をとった。話に花を咲かせ、時の経つのを忘れていると、団長が廻ってきて「仕事初めて下さい」と督促するのである。作業の班長は全て緑会の会員が当たった。彼らは黙々と仕事を厭わず遂行した。焚火の周りで私達がわざと露スを誹謗し作業を嫌悪するのを彼らはただ笑って聞いているのであった。彼らは信念をもって民主運動なるものを展開しているのだが、私には信じられなかった。機関紙の編集員をやっている浜野見習士官が、私に再三入会を勧めたが、私はとりあわなかった。

緑会の中に劇団が組織された。大見少尉が座長になり、しばしば私達に慰安の時を与えてくれた。座長のやくざもの、喜劇、川口見習士官の舞踊、野坂中尉と田端准尉の漫才など。その他朗詠、手品など素人離れしたものが数多くあった。開幕二、三日前から作業を免除してもらい稽古を続けた。開幕の日には、収容所の警備兵、将校はもちろん地方民までがわざわざ見に来た。彼らは通訳に色々質問して、熱心に興味深げに見ていた。バムの煉瓦工場は大方四人で経営されている。彼らには慰安なるものはほとんどなく、労働に明け暮れる状況だったから、この演劇は唯一の楽しみとなったわけである。

収容所の医務室には、地方民も治療におしかけてきた。診断は全て日本軍医が当たった。露スの軍医もいるにはいたが、ただ傍で見ているだけで自ら手をかけることは稀であった。

「軍医などといっても日本の看護婦にも劣るよ」と日本軍医は漏らしていた。

白粘土のお供え餅

抑留中二回目の正月が訪れた。収容所の門口には松が飾られた。当日は休みとなった。室の中央に白粘土の大きなお供え餅が並べられた。それがあまりにも本物に似ていたので、私達は郷愁をあおられた。一日囲碁や麻雀をやったり、衣服の手入れをして暮らした。

●**シベリアに　抑留されて　ふたとせ（二年）の　正月をここに　迎えむとす**

●**ラーゲリ（収容所）に　門松を立て　室内《へやぬち》に　白き粘土の　餅を飾れり**

針仕事にかけては老人たちにはとても及ばない。毛布の端で足袋をこしらえたり手袋を作ったりした。中には修理用に支給された晒しでさるまたやシャツなども器用に作る者もいた。仕事の合間に針を持つのが楽しみになった。退屈は私達にとって最も恐ろしい病気で居ても立ってもいられない焦燥感に苛まれ「畜生！早くかえりたいなぁ」と絶叫とも怒号ともつかない叫びを吐き捨てる。広野の果てまでも駆け出したいような狂喜じみた衝動にかられる。針を持って、熱心に軍衣服のつぎはぎをしている時には、そのような異常感から解放された安らぎを得るのである。

ベムにおいて最も私達を悩ませたのは南京虫である。南京虫という奴は、昼はおとなしく隠れているが、夜になっていざ夢の世界に入ろうとすると騒ぎだす。壁といわず床といわず柱まで朽ちた穴や隙間から一斉に這い出してくる。昼の作業でぐっすり正体もなく眠っている私達の体から吸えるだけの血を吸っていくのである。無意識にごりごりと背中を掻くと、必ず小豆ほどに血で膨らんだ南京虫がピシャと潰れるのである。寝付く前に襲撃されたり、一度目を覚ましたらもう眠ることができない。首から足の先までいたる所の血を吸われた腹立たしさといったら無い。私達は眠るのをあきらめて針を手に持ち壁を睨みつける。小さな穴や隙間を間断なく突き刺すと、血で膨らんだのやひからびたのが、もくもくと這い出してくる。すかさず指で圧し潰すと、白壁に真っ赤な血を飛ばして死んでしまう。一時間も続けてやると壁はもう殺人事件でもあったように、点々と血の飛沫で染められるのであった。再三殺虫剤を撒いたが一向に効き目がない。最早寝る前に防備を完全にするより他はない。靴下を履き風呂敷をかむり手袋をはめ、口と鼻だけを出した異様な姿で寝るのである。けれどもどこを破って侵入するのか、翌朝になれば必ず被害があった。酷い室になると、とても室内では我慢できず廊下に寝たり、屋根裏に横になったりした。もっともこれは冬にはできないことではあったが・・。

●ラーゲリの　小暗き壁に　身を寄せて
血にふくらみし　南京虫を刺す

たんぽぽの若芽

抑留二年目の冬もいつの間にか去り、再びほのぼのとした春が訪れてきた。雪が日増しに消え凍土も一日一日溶けてゆく。作業に出ても、焚火を必要としなくなった。暖かい日差しにひらひらと洗濯物が揺れている民家を眺めたりすると、又してもやるせない郷愁の虜になる。「ああ、今頃は故郷はさぞかし麗らかな日和だろう、新緑の山、森、野、父はどうしているだろう。母は！妻は！弟は！。何としても帰りたい。早く故国の土を踏みたい。果たして我々にそんな時がくるのだろうか・・。帰りたいなぁ」。

たんぽぽの若芽が萌えだしてきた。ほろ苦い味を再び噛みしめた。陽春の気配が所内にみなぎってきた。周囲は緑の若芽に彩られた。私達は争って若芽を摘んだ。柳の芽を幹の根元からこき上げて摘み取り、これを鉄板で煎って粉末にする。御飯にふりかけて食べると香ばしい匂いがした。線路の両側のつくしに似た薄紫の芽が無数に姿を現した。誰かが試食して食えると言い出した。私達は小休止の時には袋を下げてこの名も知らぬ草摘みに出かけた。袋はたちまち一杯になる。飯盒に入れて何回も煮てあくを取り除く。夕食の時にこれを短く切り、飯と一緒に混ぜると飯盒がいっぱいになるのである。私達はただ満腹感を味わえれば良いのである。馬糧に似たこのかて飯を食べてから、私達の糞はだんだん馬糞に似てきた。誰が名付けたのか、この名無し草を「バムわらび」と呼ぶようになった。

班内に三人組、四人組が流行した。これは三～四人が一組になり、順番に一人で三～四人分のパンを食べるのである。一食だけ腹の皮が破れそうなほどの満腹感を味わうことができる。そのかわり他の人が食べる時には、スープをすすり、水をたらふく飲んで我慢しなければならないのである。

冬の疲れも回復し、食事も雑草によって空腹から逃れると、私達は憂さ晴らしに角力を始めた。被服係によってまわしや行事の服装も備わった。素裸になり、筋骨をぶつけあって勝負を争う姿は、さぞ露スにとっては奇怪なものであっただろう。野球もやった。将校団との対戦はことに熱が上がった。作業は毎日そのようなことに関わりなく継続された。

七　帰還第一梯団

七月の某日、突然機関命令が入った。しかしそれは全員ではなかった。三割余りの者が残留しなければならないのである。帰還者の氏名が発表された。将校団、憲兵、事故者（逃亡兵など）、反動分子などは残留組になった。機関命に浴した兵士、下士官の喜びは、残留組の察するに余りあるものであったろう。彼らは散髪し、入浴し、全て新しい被覆を支給された。帰還列車の入ってくるのを今や遅しと待っている彼らの顔は喜色に輝いていた。それに反して残留組は見るも哀れなほどに意気消沈していた。なるべく帰還組とは顔を合わせないようにした。将校であったが故に、この歓喜を味わうことができないわが身を口惜しんだ。

二日ほどして待望の列車が入ってきた。元気はつらつとした帰還部隊を前にして、収容所長から祝辞がのべられた。やがて彼らは赤旗を先頭になびかせて足取りも軽く収容所を後にした。次第に遠ざかる列車を私達はいつまでもいつまでも二階から眺めていた。歓喜の日は私達にもくるのだろうか。私にはそれは手の及ばない、はるか彼方にあるような気がしてならなかった。

●ラーゲリに　春の光のさす頃に　帰還者名の　発表はありぬ
●帰還者ら　喜び集ふ　かたわらを　我は残りて　苦役に出づる

伸び行く民主運動

帰還部隊の去った後の所内は火が消えたように寂しくなった。老人連は黙々として被服の修理をやっていた。青年組は、やけになって碁や麻雀に耽った。ただ緑会員だけは前と変わらず機関紙の編集原稿の執筆に余念がなかった。日本新聞や壁新聞には次のようなことが書かれていた。

「我々は帰還したならば、敢然と吉田反動内閣と闘わなければならない。そのためには我々はここソ連同盟において、理論的な武器と信念を体得しなければならない」

「我々は世界平和獲得のソ同盟復興のために身を挺して労働に従事しなければならない」

「所内にはソ同盟を誹謗し労働を嫌悪する者がいる。これは平和を乱す反動分子である。かかる者を帰国させたならば、必ずや反動吉田内閣に加担し、平和を攪乱するであろう」

等々。かくして次第に反動分子が陰をひそめるようになってきた。彼ら民主グループにはソ連のバックがある。帰国延期でもされたらそれこそ大変である。さわらぬ神にたたりなし・・。反動分子の雄たる者もいつの間にか入会しているという始末である。所内には非会員が少なくなってきた。遂に河野少尉まで「そんなら俺らも民主グループとやら入会せにゃならんな」と言って入会した。入会があまりにも寛容であったのは、委員長の石田見習士官で

「入会する意思のある者は誰でも構わない、反動的存在を誇示している者よりマシである」

という考え方が然らしめたものである。しかし非似民主主義者をやたらに囲っておくこともできない。民主グループの権威が無くなる。ついに所内におけるおおよその人員を要した緑会も解散のやむなきに至った。これは彼らに言わせれば発展的解散であった。日を経ず森少尉を委員長とする民主グループが発足した。入会するには委員長の人物テストがあり、誓約書に署名しなければならなかった。テストは次のように行われた。

編集室に一人づつ呼び出され、委員二、三名の口頭試問があり、最後に二委員長のテストを受けるのである。

試問の例

「あなたはソ同盟に対してどのような考えを抱いているか」

「現吉田内閣をどのように批判するか」

「帰国後の抱負を聞かせてもらいたい」

「入会の動機は？」

テストが終わると委員会によって入会が決定された。入会を認められた者は委員長により通告を受け、誓約書に署名すべく委員室に行かねばならない。

一　所内民主化のために挺身する

一　ソ同盟復興のために進んで労働に従事する

一　帰国後は共産党員となり反動吉田内閣打倒のため尽力する

会員は戦闘帽に赤いマークを付けた。従って会員はどこにいてもはっきり存在が判るのである。入会を希望してはねられた者が多数あった。私は無事入会を認められ、民主グループの同志として進んで労働に従事しなければならなかった。無事に帰国さえできればいいのだ。

私は辛さを我慢して働いた。

●ここにして　民主運動湧き出でつ　壁新聞に　ソ同盟を讃ふ

●真なる　自由は共産主義にありと　壁新聞は　書きたてるなり

●四、五名の　有志より成る緑会　今や百名を　越すにいたれり（緑会＝民主グループ）

●反動を　刻印されて　帰国をも　延期さるゝを　恐るればなり

兵、下士官など第一梯団の帰国後、残留の私達には帰国の噂すらたたず煉瓦工場で働いた。かくしてバムに一年ほど命を長らえた私達は、バムわらびが四、五尺も枝を伸ばした七月のある日、どこか行く先も知れず三度目の転属をされたのである。私達はまたしても貨車の荷物同様になり幾日か車中で日を送った。

●いつしかに　年の半ばを　バムに生き　三度移らむ　先を知らむず

七　チタ

錯綜する鉄路、美しい建物、緑の大樹、ここはチタの街である。なだらかに果てしなく続く平原の中に咲く美しい野花、清楚で質実で静謐な街。私はソ同盟文化の一面を覗き得たような感じがした。私達は第七分所に収容された。此処には既に千人ほどの日本人部隊が収容されていた。二、三日雑役について身を落ち着かせると、各職場に配属され労働に服した。ここでは建築作業が主で、その他工場の雑役、駅内の雑役に駆使された。職場への往復はトラックに乗った。朝霧の立ちこめる街をトラックで疾走するのは極めて痛快である。

●アカシヤの　並木続ける　チタの街の　夕暮るゝ舗道　ゆきしことあり

●朝霧の　たちこめいまだ　覚めやらぬ　チタの街中を　トラックに乗る

私は一度建築現場に廻されたことがあった。そこは街の中心部で、高層ビルディングが林立している。その中に抑留者の中の技術者が粋を集めて建てている煉瓦造り四階建の建物が堂々とした巨体を据えていた。完成したらチタ市屈指の建物となるだろう。私達の仕事はコンクリートの材料にする砂の運搬である。トラックで河原から何回も運んだ。私達が行った時には外部が終わり内部工作をやっていた。私達はその他に軍関係の機械工場の雑役などにも出された。

●チタの真中《まなか》に　聳ゆ高層ビルは　抑留者により　建てられしといふ

日本人スターハノフ運動

チタ第七分所の生活でまざまざと蘇ってくるのは、これら数々の労働ではなく、烽火のように燃え上がった民主運動である。チタではバムと比較にならない強固な民主グループが組織されていた。私達もその一翼を担ったわけである。更に二十五歳未満の青年同盟隊が組織された。　かくして露スならぬ日本人のスタハーノフ運動が展開された。ノルマの上がらない場所には委員長や青年同盟隊が巡視された。こうして労働条件が悪いのか作業に熱意がないのかを判定するのである。作業の能率をあげるために給料にも段階が設けられた。

A級食―特別作業成績の良いもので飯盒にほとんど一杯
B級食―作業成績の良いもの、飯盒六分目
C級食―作業成績普通のもの、飯盒四分目
D級食―作業成績不良なもの、飯盒三分目
飯盒一杯の飯をたらふく食べる者と、三分目の飯をかつかつ食べる者ができた。A級食を得るにはよほど頑丈な身体の持主でなければできない。この判定は作業班長が査定し、日頃の行状と合わせて検討し決定するのである。

●飯盒の　飯にも段階の　きざまれて　腹満たす者　飢えしのぶ者

インターナショナルの歌

職場への往復では、赤旗を風になびかせてインターナショナルの歌や赤旗の歌などを唄った。前半と後半に分かれ歩調に合わせて軍歌でも高唱する調子でに唄った。

民衆の旗赤旗は　我らの頭上に高し・・・

あちこちから波のように流れてくる歌。赤旗が朝風夕風にひるがえる。旗手は軍旗を護持するような得意さで張り切っている。夕食が終わり懐かしい故郷の夢でも結ぼうと横になると「六時より講演会あり全員会場に集合」「弁論大会〇〇時より」「演芸会〇〇時より」「青同隊総会」「民主グループ大会」等で夜もろくに眠れない。悲惨なのは反動カンパである。夕食後に全員班内待機の伝達が回る。後めたい者は内心びくびくしながら隅にうずくまる。委員長は幹部四、五名を連れ仄暗い舎内の廊下に立ち

「これより所内の民主化をはばむ我々共同の敵、反動分子のカンパを行う」

幹部の某が声高らかに二、三名の氏名を読み上げ、その者達は廊下に引き出される。

「〇〇！君は昨日の作業現場で作業をさぼりノルマの半分も達成していないばかりか、三人ほど集まってしきりにソ同盟を誹謗しておったそうですが本当ですか」

「何のことか私には全然判りません」

すると室のあちこちから割れるよな罵声が聞こえてくる。

「にげるつもりか、とぼけるな！」「お前は昨日だけじゃねえ、いつだってそうなんだ！」

「そんな者は〇〇に追放してやれ！」幹部はこれを制しながら言う。

「君は記憶がないというが証人があるんだぜ、後で後悔しても遅いぞ。潔いよく白状したらどうですか」

再び野次が飛ぶ。

「白状しろ！皆知ってんだぞ」「黙っておってなんだ！いつ地蔵さんになったんだ」「山田の案山子か」

あちらこちらに失笑が湧く。〇〇は騒ぎの収まるのを待ち
「私は作業成績期が悪いのは事実です。しかし私は神経痛の為に無理ができないのです。その点は皆には済まないと思っております」

すると以前より激しい野次が乱れ飛ぶのである。

「神経痛だったら診断を受けたらいいだろう」「盗人猛々しいとは貴様のことだ、良くぞ神経痛などとぬかしたものだ」

他の幹部は言う。

「君は我々が何故困難な条件を越えて労働に励んでいるのか判るかね」

「判ります」

「いうまでもなく民衆の国、平和の国ソ同盟を復興させるためだ。ソ同盟の繁栄はとりもなおさず我々民衆の繁栄だ。ソ同盟をとりまく資本主義、帝国主義の野望を粉砕するのは誰であるか。それはソ同盟を盟主とする我々プロレタリヤートではないか」

幹部の演説的口調が途切れると
「そうだ、そうだ」「お前には判るまい」「お前のような奴は十年も年期をいれなきゃ判らんだろう」

結局、俎上の彼は幹部その他民主グループの前に自分の行為を詫び更生を誓わなければならないのである。罪状が事実である場合は一言のもとに平伏し、心外である場合はも誓約を余儀なくされるのである。反動カンパのある時には、いくら疲労していても寝台の上に起きていなければならない。横にでもなっていればすかさず「反動」と目されてしまうのである。

青年同盟隊の中に作業突撃隊が編成された。隊員はいずれも血気盛んな若者ばかりだ。彼らはがむしゃらに作業に突入していった。露スも彼らの作業ぶりには驚嘆するばかりである。隊員は二、三名づつ各職場に配置された。作業の困難な所に当たれば進んで彼らはこれを成し遂げた。彼らはまた隠密に反動分子の言動に注意し、些細なことも洩れなくメモし、反動カンパの資料を集めた。このような状態の中ではうっかりした話もできず、誰がどのような腹で話合っているかも分からない。苦楽を共にしてきた同胞も支離滅裂し、隣人も信用できない不安な生活になった。燃え盛る民主運動の烽火は、留まるところを知らず広がっていった。反動将校は遂に他の収容所に追放された。所内では毎夜反動カンパが続いた。時には日本新聞社から編集員が単独で巡察にきて講演をしたり、反動カンパに立ち会ったりした。ある時、天皇制を護持する反動と激論になり、民主グループの幹部がたじたじなるや新聞社の一記者が口から火を吐くような勢いでこう述べた。

「天皇は神聖であるとか現神であるとかいうが、何が一体神様だ、天皇だって糞もたれるし〇〇もやるんだぞ。俺は今こそいうけれど元特攻隊員だ、天皇に命を捧げた一人だ。南海の果てで飛行機が足りなく切羽扼腕している時、ラバウルから帰ってみると東京は市民が空襲に晒され肝を冷やしている時に、宮城の上空には幾機もの友軍機が護衛しているではないか、俺はこの時初めて疑問を抱くようになった。神様だったらそんな必要があるだろうか。君らはこれでも天皇が神といえるか！」

彼は涙声で熱弁をふるった。聴く者はすべて彼の激越さに呑まれて、全く口を封ぜられてしまった。帰還の事も話題にできなくなった。何故なら真にソ同盟の復興を希求している者であれば帰還のことなど考えないからである。反動は内地に上陸させるな！、民主グループはかく叫んだ。

「我々の為すべきことは理論的武装である。強固なる信念である。来るべき内地上陸ために総結集しなければならない」

民主グループの中にはやはり便乗主義者が数多くいた。私もその一人である。民主運動の波に逆らうことは到底不可能である。私は真に便乗主義者であった。民主運動と反動との狭間にあっていずれをも肯定し得ず、また否定もし得ない懐疑派であった。私はそれだけに思想的に変化を来していた。委員が口角泡を飛ばして論ずる時には、私もなるほどと思わざるを得ない事がしばしばあった。そして天皇制に対する疑惑を払うことができないのである。

時には反動といわれた者に対して憎悪と嘲笑の念を覚えた。しかし日本の国体は彼らのいうような虚偽と欺瞞にに満ちたものだろうか。私はここにも懐疑の念を抱かざるを得ないのである。果たしていづれが是か否か、私は独り反問し苦しんだが、解決は得られなかった。

●チタの街の　第七分所に　民主運動　燃え広がりて　果てしもあらず

●ゆきかえり　赤旗《はた》なびかせて　歌ひける　インターナショナルの歌　街に響かふ

●ソ同盟を　誹謗せし者　労働を　あなどる者を　反動と呼べり

●洗脳とは　いひしものかな　反動を　さげすむ心　我も持ちをり

●祖国への　帰還の夢も　声ひそめ　辺りはばかり　ささやきかはしぬ

●青年の　活動分子ら　誇らかに　作業突撃隊の　編成ありき

劇団は挙げて旧天皇制軍国主義に批判のメスを入れた。特高警察の暴虐、資本家の横暴、旧軍隊の悲劇等々。一カ月に一度ソ連製の映画を鑑賞した。内容は全てソ同盟の正義と平和を讃え、他侵略国の野望を粉砕するものであった。それは自らを賛美し他を排斥していた。他の一切の言や活字を封じられ、ただ一色に夜半まで露スならぬ同胞に啓蒙され指導され鍛錬された私達は、染まらないのが不思議である。私達は不用意にも反動的な言葉を口に出さないようになった。いよいよ私達にも帰還の資格が備わったのか・・。

感激の日

帰還の大命が下ったのは、忘れもしない昭和二十二年十月十五日である。帰還部隊は一週間ほど作業を免除された。その間、散髪し、入浴し、衣服を全て新調のものに変えた。夢ではなかろうか、本当に帰れるのか、またあの忌まわしい伐採地に転属するのではなかろうか。私達は赤旗を先頭にインターナショナルの歌も高らかに、喜色満面にチタ収容所を後にした。民主グループ幹部の一部と、劇団、憲兵隊反動分子らは残留した。

●**民主運動　荒びる秋の　中つ日に　帰還の命は　我に来りぬ**

八　ナホトカ

私達は幾日か貨車に揺られた。糧秣も車中炊事とはいえ豊富に与えられた。車中においてもインターナショナルの歌を唄い、赤旗の歌を斉唱した。時には帰還後の抱負を語り合ったりした。誰もが共産党に入り、民主戦線の闘士たらんと豪語した。入ソ当時の底抜けのお国自慢演芸は見られなかった。車窓に映るものは果てしない平原であり、疎々と立ち並ぶ白樺の林である。なだらかに起伏する丘に、美しい草花の咲き乱れるのも見られた。

列車は、小さなもの寂しい駅に長時間停車したり、幾つもの駅を目もくれず通過もした。

●**労働と　民主運動の　いまわしき　夢屠るがに　貨車は走れり**

寝ても起きても私達は懐かしい故郷の夢ばかり見ていた。これまでの辛酸などもうどこへやらで、今、貨車に揺られていることさえ夢にように思えた。ハルスタイの伐採地にいた時、私はよく仲間の兵と語った。命があれば故国に帰り着くまでに五つの感激する日があると。

「帰還列車に乗った時、日本海を見た時、復員船に乗った時、内地を見た時、内地に上陸した時」

今その感激の一つが実現している。幾日経ったか私達は、気候がだんだん変わってくるのに驚いた。チタにいた時は、うっすら寒い頃だったが、幾日も経たぬのにこの辺りは何という暖かさだろう。こんな地方に収容された部隊は運が良いと思った。いつの間にか列車は十数両連結され帰還部隊が満載された。一週間も経過しただろうか、夜間は流石に寒さを覚えた。まして朝まだきにはぞくぞくした寒気を感じた。ある朝、私達は寒気のためにかすみガラスになった窓にぼうーっと大海の映るのを見た。霧のために定かではないが、茫々たる海原を見た瞬間私は胸を突かれるような衝動を受けた。焼きつかれたように向けられた眼、海だ！日本海だ！。間もなく海は大きな市街に隠れてしまった。

列車はいくらか速度を落としながら街に沿って走り、やがて停まった。洋々たる日本海が眼前に開けていた。蒼茫たる海原、逆巻く白波、ひたひたと寄せる波頭。ああ今日の日ぞ、第二の感激の日。浜辺には数知れない天幕が張られ、朝霧を破って朝の体操をやっている部隊のかけ声が津波のように流れてくる。

ほうはいたる民主運動の津波！。私は身体にただならぬ緊張感がみなぎるのを感じた。私達は列車から下りて浜辺に整列した。人員点検が終わると次の命令がくるまでというのでそこで待機した。命令はなかなか入らず一日中私達は波と戯れ、砂浜に腹ばい感激の日を心ゆくまで味わった。命令は夜に入っても来ず、遂にそこで一夜を明かした。翌日、港に復員船が入ってきた。私達は心を躍らせた。しかしそれは先着部隊が乗る船であった。ここナホトカには帰還部隊が溢れている。収容所に入り切らず天幕を張っている部隊もいる。私達は大きな船を見ながら収容所に入った。

もうここまで来たら焦る必要はないだろう。やがて私達も胸躍らせて乗船する日が来るだろう。収容所に落ち着くと、私達は皆で海の見える戸外に出た。今、眼前に岸辺を洗う海水は懐かしい故国に続いている。こんな風に思うとたまらない焦燥感に襲われた。それはもう感激を越えた悲哀である。我知らず涙が頬を伝って流れてくる。

●**幾夜度　貨車に揺られて　夢にみし　海を見たりき　日本海なり**

●**ナホトカの　岸辺に立てば　足洗ふ　波に祖国の　想ひきはまり**

●**ナホトカに　帰還者の群　あふれけり　復員船は　なぜか来たらず**

私達はいつまでもこんな感情に溺れていることは許されなかった。ナホトカは民主教育の最後の仕上場であったからだ。これまで偽装してきた似非民主主義者は徹底的に吊るし上げられた。日本新聞社から記者が出張して講演をやった。広場にある舞台では毎日劇団による熱演が繰り返された。私達は、ようやく自分を見出すのは夜半に毛布にくるまってからである。頭から毛布を被ると故郷の山や川がまざまざと浮かんでくる。父の顔、母の顔がクローズアップされて現れる。ああ、早く船に乗りたい。いつ出発だろう。自分だけ取り残されるのではないだろうか。それにしても、何故内地はもっと船を出さないのだろう。ここには多くの帰還部隊が溢れているのに・・。私達は疑惑の念に包まれた。広場にいる時、委員は絶叫するのである。

「何故に政府はもっと船を出さないのか、ソ同盟においては、収容所に溢れるほどどしどし帰還部隊を入れているのに、これはどうしたわけであるか。諸君！吉田反動内閣の陰謀でなくて何であろう。吉田内閣は我々の結集した力が恐ろしいのだ。祖国ソ同盟において養われた我々の理念を拒否しているのだ。同志諸君！我々は今こそ吉田反動内閣の性格を如実に把握することができた。諸君！我々の行く道は一つである。母国ソ同盟の旗の下に鉄の結束持って来るべき内地上陸を敢然と行おうではないか！」

割れるような拍手である。嵐のような賛同の表示、紅潮した委員の顔。

●ナホトカは　反動カンパの　砦なり　帰還の夢も　凍てつく如し

●反動は　一人たりとも　帰すまじ　威丈高《いたけだか》なる　幹部の声は

いよいよ乗船の日

千数百名の私達帰還梯団は野外の大広場に整列した。そこでソ同盟との惜別の式が行われたのである。司令部付の将官の祝辞、収容所長の祝辞、次いで梯団長・大西某の挨拶、感謝文の朗読。この感謝文は私達帰還者によって作られた署名入りのものである。最後に、インターナショナルの歌を斉唱した。港に着くと復員船「永徳丸」が日章旗を船尾になびかせて碇泊していた。二年ぶりに見る日章旗！。私は忘れていたものが突然蘇った感じがした。何とも言えない荘厳な粛然とした気持だった。第一班より乗船が始まった。先頭は既にソ同盟の土を離れ船の人になっている。刻々と自分も近づく。船員の励まし慰める声が聞こえる。

「兵隊さん、長い間ご苦労様でした、さあ、もう少しです。元気を出して下さい」

この声、日本人の声、私は久しぶりに聞くような気がした。流石に二年の疲れか梯子を登るのに随分息を切らせた。手摺に両手をかけ一歩一歩足に力を入れて踏み上ると、甲板に数名の船員や看護婦が絶え間なく一人一人に慰労の言葉をかけて励ましてくれるのである。

間もなく私達は貨物室を改造した船室に落ち着いた。出発を告げるドラの音が鳴り渡る。私達は皆甲板に出た。今しも船は岸を離れようとしている。岸辺で手を振る残留組の同胞の顔が見える。刻々遠ざかるシベリアの土地。マグダガーチェのコルホーズ、チタの街などが走馬灯のように浮かんでは消える。船は波頭を切って故国へと進んでゆく。

●**復員船　永徳丸の甲板に　遠ざかりゆく　シベリアを見つ**

●**たまきはる　命生きにし　シベリアの　冬を迎ふる　空の色かな**

九　復員船

くつがえる民主グループ

忌まわしいシベリアもはや私達の眼前から没した。私達の周囲は波高い日本海である。あの図体の大きい露スの姿も荒漠とした原野もない。明日は懐かしい故国の土を踏むことができるのだ。肉親への愛情がやるせないほど湧いてくる。家の門に立ち、戸を開いた時何と挨拶しよう。父はどんな顔をするだろう。次から次へと来るべき感激の日が彷彿と浮かんでくる。

夕食が支給された。民主グループの幹部が量が少ないと船長に抗議した。ソ同盟における捕虜給与より粗末であるといった。船長は明らかに不快な色を示した。

「我々は定められた支給量しか与えられない。抗議は後日監督庁に申し込んでくれ」とはねつけた。幹部連はその態度からして民主的でないと断じた。反動内閣の手先であると言った。乗船の感激も、数時間経たずに船長や船員との間に溝ができてしまった。船員らが甲板で言った慰労の言葉は幾度も語られた形式語に過ぎないと根性を曲げた。夜になると波が次第に荒れてきた。

突然、思いがけない事件が起こった。これまで頭を押さえられてきた有意の反動組が密かに語らい、民主グループの幹部に決戦を挑んだ。波に傾く薄暗い船室にただならない空気が巻き起こった。一人の青白い顔の青年が室の中央に進み出て決然と言った。

「諸君！ここにいるのは日本人だけだ。我々を支配した露スは一人もいない。今こそ我々は何者にも捉われない判然を試さなければならないと思う。日本人同志として腹を割って語らおうではないか。俺は民主グループの一員だ。ここにいる諸君もおそらく全てそうであろう。しかし俺は周囲の情勢から止む無く入会した者である。帰るまではと思い、涙を呑んで奴らに屈服してきた。あらゆる労働にも従った。しのび得ない屈辱も我慢した。同じ日本人でありながらと俺は悔し涙を呑んだことも一度、二度ではなかった。俺はこのまま腹の虫を抑えて内地に帰ることはできない。俺は露スを楯にとり民主グループの上にあぐらをかき、あくなき苦渋を強制した奴ら幹部を徹底的に糾弾したいと思う」

彼は青白い両頬を紅潮させ、拳を固めながら周囲を見回した。室内が騒然となった。

「そうだ、そうだ、俺も同感だ！」「奴らを叩きだせ！」「日本海に放り込んでしまえ！」「大西を引きずり出せ」「田村出ろ」「水野出ろ！」民主グループの指導者連は息をひそめた。洪水のような勢いで逆巻いてくる民衆の力には如何んともし難い。怒りに燃え立つ青年を始め、老人に至るまで旧反動連、似非民主主義者は中央に現れ威丈高に怒鳴った。幹部連は次々に壇上に引き出された。昂然とうそぶいている者、うなだれている者、十四、五名が一列に並んだ。青年は叫んだ。「もう他に糾弾すべき者はありませんか」指名する者、反対する者、再び騒然となったが、結局「それだでけいい」という声に消されてしまった。

「諸君にお許らいします。ここに出てもらった者をどのように処置したらいいでしょう」

「一人一人感想を聞け」「謝罪させろ」「ひっぱたけ！」意見が続出した。青年は言った。

「シベリアでとった態度を現在でも正しいと思っているかをどうか一人一人に正してみたらどうでしょう」

大多数の賛成者によってこの意見が取られた。青年は右端にうなだれている秋山少尉に向かって言った。

「秋山君、君から今の心境を聞かしてもらいたい」

頭をあげろ！誰かが怒鳴った。彼はやおら顔を起こして言った。

「シベリアで取った自分の態度を皆さんに対して誠に申し訳なく思っています。実は皆さんと共に帰らんがためにあのような態度に出たのであります。しかし現在は行き過ぎた点が多かったと反省しております。許して下さい」

「馬鹿野郎！」「卑怯者！」「許して下さいで済むか！」彼は怒号の雨を浴び悄然とうなだれているのみである。青年は次に青木見習士官を指した。彼はいきなり小刀を抜いてわが指切ろうとした。青年が危うく止めた。

「離して下さい、俺は指を切ってお詫びします、離して下さい」

「止めろ！止めろ」「芝居は止めろ。馬鹿野郎！」「お前の心境は判った許してやれ」周囲からいろいろな声が飛んだ。青木は小刀を納められ、改心の情が天晴れだと褒められたのであった。次に四、五人の者が平謝りに謝罪した。聞くに堪えない罵声を甘んじて受けながら・・。浜野見習士官の番がきた。彼は昂然と言った。

「俺は過去も現在も変わらない。将来も変わらないつもりだ。我々の立てたスローガン貫徹のために、あくまで戦うつもりだ。あやふやな卑怯、未練な裏切り者を目撃した現在、いよいよ決心を固めた。諸君の前で謝罪する必要を認めない」

彼は叩きのめされるかと思いきや、かえって称賛されたのである。

「そうだ、それくらいの信念がなければだめだ」

彼の純粋な信念には憎悪と反感が入り込む余地がなかったのだ。彼と私は同期の見習士官で当年三十才の有意な青年であった。副団長の園田の時には青年と激しい論戦が戦わされた。

遂に園田は論議の必要を認めないと言って黙ってしまった。周囲の民衆は感情的に罵倒、称賛するだけである。民主グループの幹部は、思い思いの顔をして席に引き上げた。私は民衆の恐ろしさを痛感した。

●揺れ動く　復員船の　中にして　反動分子の　怒り噴き出づ

●この船は　ソ領にあらず　まじりなき　同胞として　話合はむか

●我もまた　帰らむがためと　うなだれし　幾人の幹部に　罵声続けり

おお！陸だ

波は激しくなった。甲板に出て見ると風に飛ばされそうになる。暗闇の中から小山のような波が怪物のように襲いかかる。船側に当たるとドドドドッと異様な音をたてて船は大きく傾く。何千トンの船もこの波頭の前には木の葉同然である。船側に砕けた波はもり上がり甲板に躍り出る。そして階段入口から余水がザザッとしぶきをあげて船室に落ちてくる。改造した船室の二階がギーギーときしみ出した。階下の者は修繕しなければ潰れてしまうと騒ぎだす。しかし誰一人として立つ者はいない。皆蒼白となり呻き合うのみである。波は静まるどころか一層激しくなっていく。進行はおぼつかない。波の静まるのを待つより他に術はない。どこまで運命の波に翻弄されるのだろう。船は一夜波に揉まれた。覆らないのが奇跡である。やがて夜が白々と明け始めた頃、ようやく波は勢いを減じた。しかしまだ歩くことも困難なほど揺れる。一夜苦しんで、朦朧とした頭を払うべく私はよろめきながら甲板に出た。そこにはすでに数十人の者が集まって手摺を固く握りながら立っていた。辺りは一面霧が立ち込めている。潮風がたちまち霧を払い飛ばす、飛ばされたと思う間もなく、雲か霧か見まごう灰色の膜が潮風に乗ってきて私達の視界を遮ってしまう。海原は白波が猛り狂っている。刻々霧が薄らいでゆく。海原もだんだん明るくなってきた。潮風は依然として往来する。その時私は灰色の膜の切れ目に、あたかも墨絵のように起伏する一連の陸を見た。瞬間、絵は吹き寄せる雲に遮られてしまう、そして再び現れる。おお！陸だ！陸だ！日本だ！。固く握りしめた手摺の冷たさも忘れて私は胸が迫って息を呑んだ。涙が頬を流れ、とめどなく溢れでた。

●明けやらぬ　復員船の　甲板に
　　集い寄りきて　身じろぎもせず
●吹きよする　潮風雲を　はらふとき
　　たゝなはる陸《くが》よ　祖国の陸よ
●夢に泣き　夢に生きしは　この日なれ
　　尊しといはめ　わが命はも
●日は出でて　舞鶴港に　輝けば
　　青葉豊たけき　祖国美《うるわ》し

完

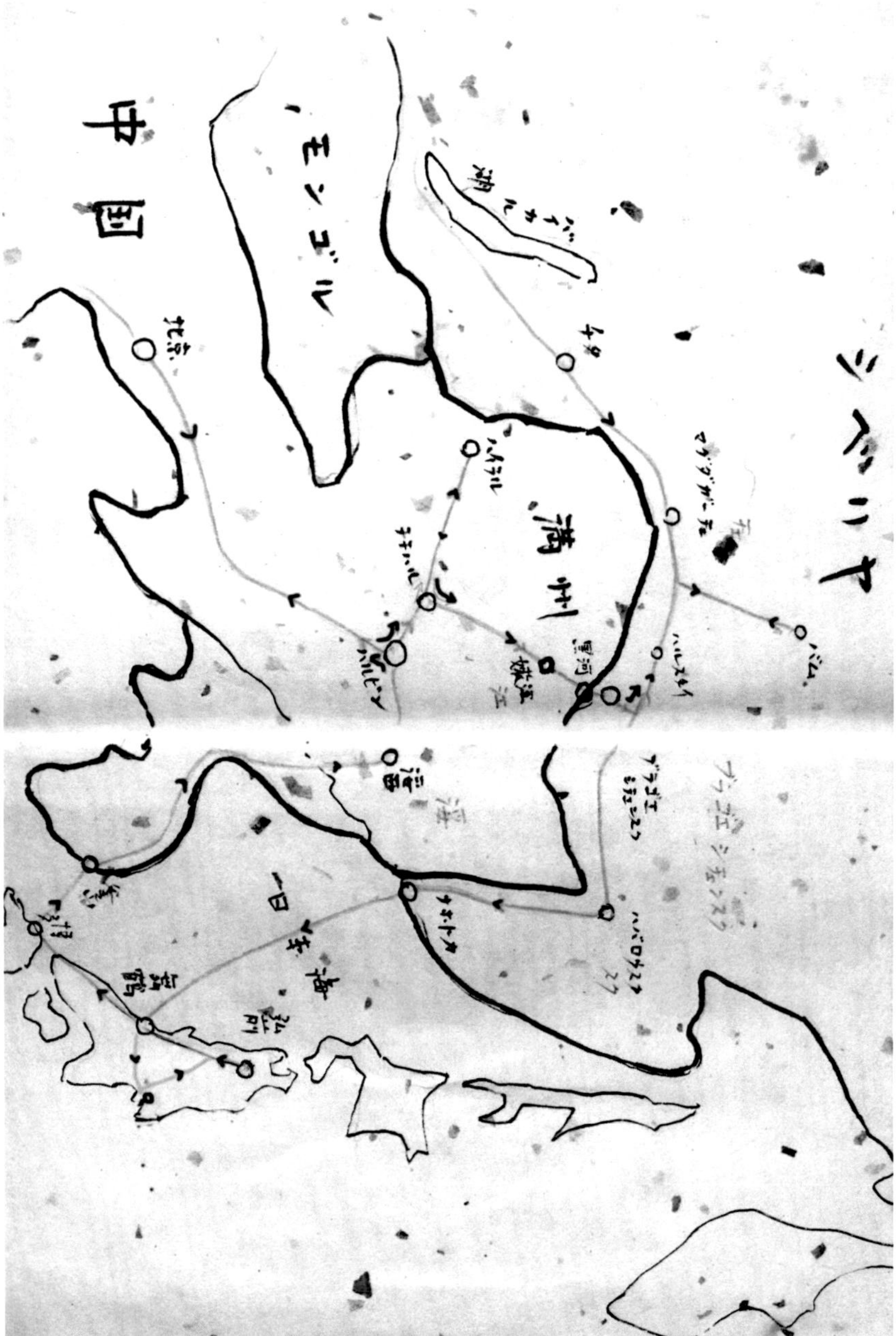

従軍・抑留経路図

父のこと

父が亡くなってから、七年後にシベリア抑留記を知った。。読み終えた時、今の自分の子供より若い父に対して、言葉に尽くせないほどの切なさと愛おしさを覚えた。

父は山形の貧しい農家に生まれ、教師という天職とも思える仕事に就いた。晩年は、妻子と孫に囲まれて幸せな日々を送った。静かで穏やかな人だった。険しい顔を一度も見た記憶がない。夜になると一人で星空を見上げていた姿が思い出される。遠い昔の凍てついたシベリアの星へ、父の中でつながっていたのだろう。父の平和を願う姿だったのかもしれない。平和を願い続けたであろう父の強い気持ちが、あの夜の父の心が、今の自分には読める気がする。

戦争もシベリアも知らない私は、父を想いながら冬の星座を見上げている。

二〇一九年　睦月　渡辺みゆき（造形作家）

＊本文は仮名使いなどを判りやすいように私が修正しました

父の肖像
渡辺みゆき・二〇一八作

歌集 **雪白樺**

わが心の歌

（抜粋）

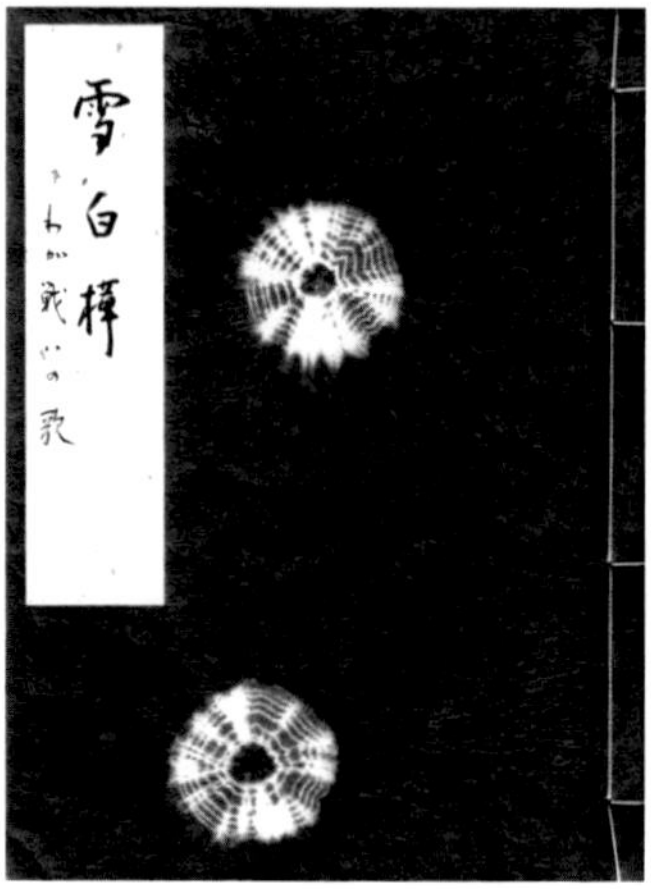

■**出征** 昭和十九年二月 二十一才

●出征の 時迫り来て 仏壇に 灯明ともし 掌を合わせたり

●達者でな 門口に立ちし たらちねの 我をおくりし 言葉なるかも

●大石田の 駅に来れば 送る人 送らるる人 むらがりてゐる

●教へ子ら 出征列車に 乗りこみて 狂ふが如く 若鷲の歌うたふ

●北に向ふ 列車にあれば 故郷の 鎮守の森が 車窓よぎりぬ

■**入営**　　昭和十九年二月　二十一才

●いかめしき　営門一歩　入りしとき　いきづまる緊張　われをつつめり

●いっさいの　私物をまとめ　送るとき　頭髪を切りて　封書に入れき

●二つ星の　襟章軍衣に　縫ひつけて　われは帝国軍人となりき

■**輸送列車**　　昭和十九年二月

●よろひ戸を　閉ざしたるまま　薄暗さ　輸送列車は　南へ走る

●日に三度《みたび》　車内にあれば　乾パンの　香ばしき味を　噛みしめてをおり

●夕暮れの　港に船を　待つ間　慰問袋の　キャラメルをなむ

■**輸送船**　　昭和十九年二月

●夜に入り　はげしき揺れの　極まれり　玄界灘を　超えむとすらむ

●釜山より　列車に乗りて　半島を　ただひたすらに　北に向へり

●鴨緑江　渡れば此処は満州ぞ　兄も従兄も　召されてありぬ

■**満州の部隊**（牡丹省）

昭和十九年三月　二十一才

●夜半にして　小さき駅に　降り立てば　星またたきて　凍てつく大地

●きしきしと　凍土を踏みて　歩むとき　銃を擬したる　歩哨に会ひぬ

●北満の　輓馬部隊の　三中隊　鉄拳制裁の　烈しと聞けり

●週番士官　靴音鳴らし　近づきぬ　班長の号令　舎内に響く

●くちびるを　ゆがめ罵る　兵長の　一発の拳に　よろめく我は

●夜の點呼　終われば　助教ら　竹刀もて　一品検査の　目光らせつつ

●帯剣の　手入れ悪しして　よびだされ　みねにて　頭殴られにけり

●助教殿を　兵長殿と　よびしため　目もくらむほど　殴られにけり

●修理に出す　軍靴の手入れ　悪しきとて　その軍靴もて　顔を殴りし

●たて髪に　白布を結ふは　咬む癖の　もてる馬なりと　助教は言へり

●消灯の　ラッパ夜空に　響かひて　荒き毛布に　涙ぬぐへり

●遠くより　オーラオーラと　声かけて　はじめて触れし　馬にてありき

●朝の黙呼　終れば馬屋に　駆けこみて　馬を引き出し　手入れはじめぬ

●五カ条の　軍人勅諭の　暗唱を　終るまではと　食事を待てり

●起床喇叭《らっぱ》　響き渡れば　ためらはず　次の動作に　馳せ向ふなり

●真夜中の　毛布かぶりて　ごそごそと　隣の戦友《とも》は　馬糧食みをり

●輓馬訓練　終わりて帰営　する時し　赤き夕陽の　沈まむとせり

●夜半にも　便所の中に　教へ子の　便り読みけり　繰り返し読む

●銃剣の　列に陽光の　きらめきて　部隊声なく　移動しはじむ

●戦闘準備　号令下れば　手綱引き　山の斜面を　一気に駈けり

●一文字山は　忘ら得ぬ山　教官の　秋田少尉の　命令聞こゆ

●わずかなる　休止なれども　わが馬の　毛脛をとりて　藁でこすれり

●乗馬訓練は　苦しとやいはめ　尻の皮　破れて鞍に　血のにじむなり

●襟元に　座金光れば　ことごとに　目をつけられし　幹部候補生

●喉の乾きに　思はず飲みし　うがい水　烈しき下痢に　さひなまれをり

●木箱かかえ　直ちに　砂場へ突っ込む　戦車攻撃の　訓練なりし

●馬場を越え　狂ふが如く　疾駆する　隆貞（馬名）の背に　吾は術なし

●馬上より　振り落とされて　気がつけば　手綱ひきずり　草を食む馬

■北京予備士官学校

昭和十九年七月　二十一才

●北京なる　予備士官学校の　衛門を　誇らかに入る　吾は候補生

●あこがれし　指揮官にては　ありしかど　実兵指揮は　容易ならざり

●万寿山の　きざはし登り　頂きに　月を仰ぎて　軍歌歌へり

●あやまたば　人馬もろとも　絶壁の　果てに落ちなむ　ためらはず行く

●将校の　軍装購《あが》なふ　資金とて　父は牛売り　金を送れり

■ハイラルの自動車部隊

昭和二十年四月　二十二才

●北満に　向ふ夜汽車の　窓外に　手紙の束を　ちぎりて捨てつ

●衛門を　通りし時に　衛兵ら　列をつくりて　我を迎えり

●営内の　浴槽に一人　身を沈め　兵たりし日の　夕べ思えり

■嫩江の独立混成部隊

昭和二十年八月　二十二才

●柳行李　一個をかかえ　北満の　列車に乗りて　安からざりき

●手榴弾　腰に吊りさげ　軍刀の　柄《つか》を握り　立ちつくすのみ

●二日程　さくる思ひに　時過し　終戦の報に　耳を疑ふ

●態勢を　解きてくつろぐ　士官室に　交戦唱え　下士官ら入りく

●兵隊を　故国に帰すが　任なりと　中隊長は　たじろがざりし

●降伏とは　かくの如きか　敵なりし　ソ軍の命に　ただ服すのみ

■シベリヤ抑留

ハルスタイ収容所　昭和二十年十月　二十二才

●何処とも　知らぬ小駅に　停車せば　露人ら寄りて　ヤポニー（日本人）と呼ぶ

●作業より　帰り来りて　黒パンと　スープすすりて　夕餉終わりぬ

●野菜つきて　喰うものなき　冬三月　友は盲しひて　春をひた待つ

●作業より　帰りてみれば　病棟に　命尽きたる　友のありけり

●凍土《いてつち》は　巖の如く　わだかまり　打ち下ろす斧に　火花散らしぬ

■バムの煉瓦工場

昭和二十一年九月　二十三才

●氷点下　三十度こゆれば　作業やめ　部屋にこもりて　軍衣つくろふ

●いつしかに　春や来りし　夏やきぬ　雪白樺に　霧立ちこむる

■チタの収容所

昭和二十二年五月　二十四才

●見渡せば　白樺長く　続かひて　夕暮るゝ方に　緬羊の群

●ほの暗き　夜汽車の隅に　かがまりて　冷たくなりし　水筒の水飲む

●ひびき止み　しばし停車す　何処ぞと　見ればかなしき　街の灯の影

●はるばると　来りしものか　異国女の　コーラス耳に　哀しく聞ゆ

●ラーゲリの　暮しにも慣れ　眠るなり　明日は何処の　使役にゆかむ

■ナホトか収容所

昭和二十二年十月　二十四才

●赤旗を　先頭にして　帰還隊　赤旗の歌に　歩調合はせつ

●幕舎出で　カンパの広場に　集ひしが　吊るしあげの声　四囲にこだます

■**復員船**

昭和二十二年十月　二十四才

●復員船　港に着けり　日章旗　はためく見れば　胸の迫りく

●なにゆえに　労働を強制　したるやと　民主幹部に　烈しく迫れり

●日本海の　波涛越えんと　夜をこめて　復員船は　はげしく揺れぬ

●夢に泣き　夢に生きしは　この日なれ　尊しといはめ　わが命はも

■**家路**

昭和二十二年十月

●駅毎に　婦人会員ら　集ひ寄り　もてなす湯茶は　腹にしむなり

●窓外に　映る山河を　見てあれば　爆撃の跡も　生々しかり

●東京の　焼けただれたる　相《すがた》にて　我を迎えり　言も出ざり

●上野駅　発ちし列車は　ひたぶるに　近づきゆくか　わが故郷に

●三年《みとせ》前　わが出で発ちし　大石田駅に　降りたちにけり　何事もなし

●古びたる　戦闘帽かぶり　つくろひし　軍衣まとひて　家に急げり

●ふるさとの　路を歩みて　門口に　立ちたる時の　言葉探しぬ

あとがき

私は昭和十九年二月に弘前の輓馬（ばんば＝ソリなどをひかせる馬）部隊に入隊した。その時二十一才（大正十四年生れ）であった。そこで初年兵としての基礎訓練を二週間ばかり受けて満州に送り込まれた。牡丹江省の部隊で四カ月ほど教育を受けた。部隊は南方に移動し、私は北京の予備士官学校に送られた。八カ月ばかり教育を受けて見習士官に昇進した。

昭和二十年四月、満州ハイラルの部隊に転属を命じられ単身任地に赴いた。自動車部隊の小隊長として四、五カ月勤務し、八月嫩江（ノンジャン）の独立混成部隊に転属しそこで終戦を迎えた。九月、ソ連軍が侵入し部隊は武装解除され黒江を経由してシベリアに送りこまれた。シベリアの収容所を四度ほど移動して、幾多の強制労働に従事し、昭和二十二年十月ナホトカの港から復員船に乗って帰国した。二十四才であった。

それから四十数年経った。私の脳裏に絶えず去来するものは、北満の凍てつく星であり、シベリアの広野と雪白樺である。その印象がとめどなく広がっていく・・。

平成二年二月二十一日　渡邊芳二

山形県尾花沢市芦沢　寓居にて

凍てつく星座
短歌に記すシベリア抑留の日々
二〇一九年二月十日発行
定価一五〇〇円＋税
著者・渡邊芳二（1925～2010）
修正・補遺　渡邊みゆき
イメージ画　如月　和
印刷　製本・協友印刷株式会社
編集・デザイン　アトリエＭ５
販促・宣伝　（株）リモートワーク
取次・（株）鍬谷書店
発行・アトリエＭ５
Fax・042-978-9292
E-mail・kazu_44@beetle.ocn.ne.jp
＊お問合わせはメールのみでお願いします
不在がちの為長くお返事できないことがございますのでご了承下さい